AF377908

La rançon d'Atahualpa

DE LA MÊME AUTEURE

Élise et Beethoven, Ottawa, Éditions David, 2014,
  coll. « 14/18 ».

La bonne de Chagall, Ottawa, Éditions David, 2017,
  coll. « Voix narratives ».

Karen Olsen

La rançon d'Atahualpa

ROMAN

David

Catalogage avant publication de Bibliothèque et Archives Canada

Olsen, Karen, 1962-, auteur
    La rançon d'Atahualpa / Karen Olsen.

(14/18)
Publié en formats imprimé(s) et électronique(s).
ISBN 978-2-89597-606-6 (couverture souple). —
ISBN 978-2-89597-643-1 (PDF). —
ISBN 978-2-89597-644-8 (EPUB)

    I. Titre. II. Collection : 14/18

PS8629.L744R36 2018   C843'.6   C2018-900889-X
                                      C2018-900890-3

Les Éditions David remercient le Conseil des arts du Canada,
le Bureau des arts francophones du Conseil des arts de l'Ontario,
la Ville d'Ottawa et le gouvernement du Canada par l'entremise du
Fonds du livre du Canada.

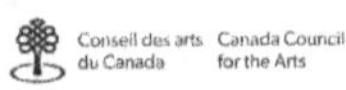  

Les Éditions David
335-B, rue Cumberland, Ottawa (Ontario) K1N 7J3
Téléphone : 613-695-3339 | Télécopieur : 613-695-3334
info@editionsdavid.com | www.editionsdavid.com

Prologue

LIMA, Pérou – Une vague de pillages sévit actuellement dans les musées de Lima. Depuis quelque temps, les autorités de la ville tentent de résoudre les nombreux cambriolages qui semblent bien ciblés. En un peu plus de trois mois, 34 vols ont été signalés. Un porte-parole du Musée national d'archéologie et d'anthropologie les qualifie « d'escroqueries de la pire espèce ». Il précise que tous les objets en or volés ont une valeur inestimable, datant du règne d'Atahualpa, le dernier prince des Incas.

La police croit que les vols sont perpétrés par un seul réseau de crime organisé, puisque les méfaits suivent le même procédé d'un musée à l'autre. Le ou les voleurs se procurent un billet d'entrée comme tous les visiteurs. En déjouant les gardiens et les caméras de surveillance, les malfaiteurs coupent les joints en silicone ou déverrouillent les vitrines pour en soustraire les artefacts convoités. Tous les vols sont commis en plein jour ou parfois en début de soirée. Les objets choisis mesurent entre trois et trente centimètres. Leur taille réduite les rend faciles à dissimuler dans un sac à main ou sous un chandail, donc facilement transportables. La fréquence des pillages est alarmante, précise le chef de la police nationale.

Afin de permettre à l'enquête de progresser, les autorités demandent à quiconque ayant des renseignements de dénoncer tout comportement suspect et de signaler tout cambriolage, aussi petit soit-il.

Montréal

CHAPITRE 1

La sortie scolaire la plus *cool*

Dès la rentrée de septembre, les responsables des voyages éducatifs avaient affiché sur la page Web et sur les babillards de l'école, des avis annonçant les choix pour la nouvelle année. Sur le premier, on pouvait lire :

> Si tu es une ou un élève de
> 3ᵉ secondaire qui a un faible pour
> les périples d'immersion culturelle,
> les destinations privilégiées pour toi
> seront la France, l'Italie ou l'Espagne.
>
> Les départs sont prévus pour le
> congé de mars. Les intéressé(e)s
> doivent s'informer auprès de
> Mme Martin, au local 33, pendant
> les pauses, pour obtenir les
> formulaires d'inscription et tous
> les renseignements nécessaires.

La deuxième publicité offrait l'occasion de prendre part à une expérience inusitée :

Si tu préfères sortir des sentiers battus,
viens participer à une expédition de douze
jours au Pérou. Ce voyage aura lieu au
début du mois de juin et sera parfaitement
adapté à tes goûts d'aventure. L'itinéraire
prévu s'harmonise à votre programme
d'histoire et de langues modernes.
Au local 35, M. Unancha ou Mme Simard
vous renseigneront sur les critères
d'admissibilité.

Sans hésiter, Élise, Sophie et Grégoire s'étaient inscrits pour l'Amérique du Sud. Leur professeur d'histoire et d'espagnol, M. Unancha[1] et Mme Simard, leur professeure de sciences, allaient les accompagner. Des guides touristiques officiels du Pérou, espérait M. Unancha, leur feraient découvrir la richesse historique de son pays natal. Il avait planifié le voyage pour l'hiver péruvien[2], la saison la plus sèche, donc le meilleur temps de l'année pour se rendre dans cette région.

Les élèves acceptés devraient participer, deux matins par semaine, à des téléconférences données par le Dr Guillermo Velásquez, un archéologue liménien de grande renommée et un bon ami de M. Unancha. Le spécialiste offrait des vignettes sur les sites au programme de la visite du pays. Maintenant directeur des collections incas dans un musée de Lima, il avait longtemps travaillé à l'exhumation de momies dans des cimetières de ce peuple autochtone.

---

1. Drapeau dans la langue quechua.
2. L'hiver péruvien : de juin à septembre.

* *

*

Enthousiasmés par le contenu des exposés et les images du Dr Velásquez, les inséparables communiquaient, un soir sur deux, par vidéo *chat*, pour planifier leur prochaine aventure. Puisqu'ils allaient de nouveau faire équipe, ils voulaient s'entendre à l'avance sur la distribution des travaux de recherches assignés par M. Unancha.

— L'an dernier, on a visité l'Allemagne et l'Autriche[3], alors je crois que c'est génial qu'on ait tous les trois choisi le Pérou. J'en rêve depuis toujours. Vous vous imaginez voir en vrai les géoglyphes et les formes biomorphiques de Nazca et visiter la Cité perdue, au lieu de les admirer sur des affiches plaquées sur le mur de ma chambre. Plus que tout, je me promets de faire du surf sur les dunes de Huacachina.

— Grégoire, c'est quoi la différence entre les géoglyphes et les biomachins ? s'enquit Élise.

Il tourna l'écran pour que la caméra intégrée de son ordinateur puisse mieux lui montrer l'affiche mentionnée.

— Les géoglyphes sont des figures géométriques tracées dans le sol, tels des triangles, des spirales, des cercles et des losanges. Les biomachins, comme tu dis, sont plutôt des dessins géants d'animaux, de plantes ou d'humains stylisés, gravés sur le plancher du désert, dont le terrain n'est pas en sable, mais recouvert de cailloux colorés par l'oxyde de fer.

— Et aux endroits où les cailloux ont été déplacés, ajouta Sophie, on peut voir le sol clair et les

---

3. Voir *Élise et Beethoven* (David, 2014).

lignes dans le gypse ou sulfate hydraté de calcium naturel.

– Mes amis sont des génies !

Grégoire lui fit des yeux de merlan frit, avant de reprendre ses explications.

– Les mieux connus, reprit Grégoire, sont le singe, l'araignée, le colibri, le pélican, le héron, le condor et bien sûr l'astronaute.

– Un astronaute ? Wow ! Ça je l'ignorais. C'est super calé ! s'exclama Sophie.

– Certains théoriciens un peu *flyés* ont proposé, pour expliquer l'inexplicable de certaines trouvailles au Pérou, comme les géoglyphes, que les Incas recevaient régulièrement la visite d'extra-terrestres.

– J'ai de plus en plus hâte d'y aller ! s'écria Élise.

– Toi, Sophie, qu'est-ce que tu veux y découvrir ? demanda Grégoire, en replaçant son ordinateur pour bien voir ses amies.

– Moi, je veux visiter tous les coins de la ville de Cuzco et faire du trekking jusqu'à la ville secrète de Machu Picchu. Mais surtout, je crève d'envie de voir les momies trouvées dans la province péruvienne de Quispicanchi. Tu sais, celles dont le Dr Velásquez nous a parlé. Il paraît qu'elles sont hallucinantes à cause de leur allure funambulesque et presque inhumaine. Ce peuple pratiquait la déformation rituelle du crâne et des dents.

– Tu parles des têtes en forme de cônes et aux dents de vampire ?

– Celles-là en effet. D'après des photos que j'ai vues, elles sont assez bizarroïdes et déroutantes.

– En parlant de momies, souviens-toi de l'histoire de Toutânkhamon.

– Quoi, Toutânkhamon ? On ne part pas pour l'Égypte, à ce que je sache !

– Non… mais, fit Grégoire en prenant un ton macabre, songe à tous les égyptologues morts de façon mystérieuse après avoir ouvert le tombeau de ce grand pharaon. La même chose pourrait t'arriver si tu dérangeais la sépulture de ces pauvres petites momies. Tu devrais aussi te méfier de l'étrange maladie qui frappe ceux qui ont osé profaner la sépulture du roi inca[4].

– Ah, Grégoire Mercier ! lança Sophie exaspérée. Tu trouves toujours moyen de me tomber sur les nerfs avec tes histoires abracadabrantes d'archéologie. Et puis… tu sauras que je n'ai pas l'intention de déterrer des momies. Je veux seulement voir celles qu'on a déjà trouvées.

L'adolescente replaça de l'index ses lunettes en forme d'œil de chat, qui avaient glissé sur son petit nez en trompette. Elle secoua la tête, faisant danser la frange et les deux mèches lisses, aux nuances blondes et châtaines, lui encadrant le visage. Tentée de lui faire une grimace, elle leva plutôt les épaules pour montrer son exaspération.

Grégoire aimait secrètement le ton qu'elle prenait avec lui, lorsqu'il réussissait à la faire sortir de ses gonds. À ce moment précis, les yeux azur de Sophie prenaient les couleurs iridescentes des opales noires d'Australie. Cette réaction indiquait qu'elle avait un faible pour lui. Avec les autres, elle semblait toujours un peu distante à cause de son tempérament calme et posé. Mais avec lui, elle pouvait être fougueuse.

-----

4. Voir *Les aventures de Tintin - Les sept boules de cristal*.

Pour changer de sujet et retrouver son calme en faisant un effort de volonté herculéen, Sophie posa une question à son amie.

— Toi, Élise, qu'est-ce que tu as envie de voir là-bas ?

— Tu ne devineras jamais.

— Laisse-moi y songer…, offrit Grégoire pour s'immiscer de nouveau dans la conversation. Tu veux… voir ces « espèces d'imitation de chameaux… », les lamas.

— Je les aime bien, mais cherche toujours.

— Tu veux, sans doute, te promener en bateau de jonc sur le lac Titicaca, lança Sophie.

— Encore une chose, que j'aimerais bien essayer. Mais non.

— Ça y est ! Cette fois, j'ai trouvé ! s'écria Grégoire. Tu veux découvrir où se cache le trésor perdu des Incas.

— Tu es complètement à côté de la coche. Mais, à bien y penser, ça serait passionnant.

— Alors, je donne ma langue au chat, céda l'adolescent, à court d'idées.

— Je veux tout connaître à propos de la musique andine et de la diversité de ses instruments, telle la flûte de pan, fabriquée à partir de roseaux aquatiques.

— J'aurais dû m'en douter. La musique ! Toujours la musique !

— Tu sais, précisa Élise, que la petite guitare à cordes pincées appelée *charangos* date du 16e siècle. Sans doute, une influence des Espagnols. Les premiers *charangos* ont été fabriqués avec la carapace des tatous. Leur petite forme arrondie donnait à l'instrument sa caisse de résonance. Sais-tu qu'il y a plus de 1 300 genres de musique au Pérou ?

— Non, dit Grégoire. Mais, pour tous les apprendre, il te faudrait plus d'une vie.

Sophie, à qui aucun indice n'échappait, voulut mettre son grain de sel.

— Grégoire Mercier, serais-tu en train de lire *Les aventures de Tintin* ?

— Qu'est-ce qui te fait croire que je lis ce genre de livre ?

— Il n'y a que le Capitaine Haddock pour appeler les lamas des « espèces d'imitations de chameau ». Je parie que tu es en train de dévorer *Les sept boules de cristal* et *Le Temple du Soleil*.

— Oui et après ? Il n'y a aucun mal à se renseigner sur...

— Les momies et le trésor des Incas ? sonda l'adolescente.

— Ce sont des sujets qui intéressent tous les chercheurs et surtout les archéologues.

— Oui, bien sûr, répliqua Sophie d'un ton narquois.

— Elle s'en prend toujours à moi, tu vois, Élise !

— Bon, ça va vous deux. Ne trouvez-vous pas qu'on s'écarte un peu du sujet ? Si au lieu de vous chamailler, on revenait à nos moutons. Le rapport entre les momies et les aventures de Tintin peut attendre. Je gage que nous devrons faire des recherches sur chacun des endroits que nous allons visiter. Ça en fait beaucoup !

— Tu as raison, Élise. Je crois qu'on devrait se diviser la tâche pour gagner du temps.

— Alors, dit Sophie, d'après le dépliant que M. Unancha nous a donné, nous arrivons d'abord à Lima. Ensuite, on visite les géoglyphes de Nazca, les sites archéologiques de Quispicanchi, la ville blanche d'Arequipa, les condors du Canyon Colca, la ville de Cuzco, Machu Picchu et la Vallée sacrée et enfin, le lac Titicaca. Pour finir, nous revenons à Cuzco pour prendre l'avion jusqu'à Lima. De là, nous rentrons au Canada.

— Je choisis les trois premiers sites sur la liste, offrit Grégoire. Et toi Sophie ?

— Alors, je vais choisir la ville blanche d'Areguipa, le Canyon Colca et la ville de Cuzco. À ton tour, Élise.

— Je m'occupe du lac Titicaca, de la Vallée sacrée et de Machu Picchu. Tous ces endroits seront sans doute fascinants. Mais au fait, Sophie, de la façon dont tu en parlais, peut-être que je devrais t'offrir d'échanger tes choix contre les miens.

— Non, je suis vraiment curieuse d'étudier des découvertes faites dans la ville de Cuzco.

— On y a sans doute trouvé des petites momies ?

— Ah, Mercier ! Va lire tes albums de Tintin ! Bonne nuit, Élise, je ferme la communication.

— Grégoire, il faut que tu cesses de l'agacer. Elle va finir par croire que tu la détestes.

— Mais, c'est tout le contraire.

— Quoi ?

— Je vois par ton air étonné que tu n'y comprends rien. C'est pourtant si clair que ça devrait sauter aux yeux de tout le monde… Je l'aime !

Élise en resta baba.

— Allons, ferme la bouche sinon les mouches vont prendre ta langue pour une piste d'atterrissage !

— Ah, les gars ! Vous n'êtes que mystère et boule de gomme ! Bonne nuit, Grégoire.

— À demain, Élise.

Ils mirent leur ordinateur en veille et l'écran devint noir.

CHAPITRE 2

Soirée d'information

Le dernier jeudi du mois d'octobre, dans le gymnase de la polyvalente Marguerite-Bourgeoys, une soirée diaporama venait tout juste de commencer. M. Unancha et Mme Simard avaient convoqué les étudiants et leurs parents pour les renseigner sur les exigences de l'expédition de fin d'année.

Après avoir souhaité la bienvenue à tous les invités, M. Unancha commença sa présentation par un montage audiovisuel, intitulé *Planification de voyage*, sur une musique de flûte de pan. Comme toile de fond, il avait choisi une magnifique photo de la ville de Cuzco.

– Le secret d'une excursion scolaire réussie, dit-il en s'adressant aux jeunes, est de bien la préparer. C'est pourquoi nous vous proposons une série d'étapes à franchir.

D'abord, il y aura plusieurs tâches à accomplir pour que vous soyez bien renseignés sur les endroits à visiter. Nous allons aussi vous encourager à participer aux campagnes de financement qui vous permettront de couvrir une bonne partie des frais. De plus, nous allons vous faire quelques suggestions pour la préparation de vos bagages.

Élise et Sophie se regardèrent d'un air entendu.

– Tu as compris, Grégoire ? On va t'aider à faire tes bagages comme pour le voyage en Allemagne.

– Ha! Ha! Très drôle! Ce n'était pas de ma faute si je n'avais jamais pris l'avion.

– On te taquine. Nous allons te donner un coup de main. Et puis, Grégoire, on ne rit pas de toi, on rit avec toi.

Sophie lui prit la main pour le rassurer et il fut tellement surpris par ce geste inattendu, qu'il en rougit jusqu'à la racine des cheveux.

– Je vous pardonne déjà.

– Ce travail, poursuivit M. Unancha en les regardant de travers, s'échelonnera sur les sept mois qu'il nous reste de l'année scolaire. Vous avez déjà commencé des leçons d'espagnol obligatoires, ainsi que des cours d'histoire et de géographie qui vous permettront de découvrir des faits intéressants et de nombreux secrets de ce pays fascinant. D'ici notre départ en juin, à vous de voir où ce voyage éducatif vous mènera.

L'écran montrait maintenant deux lamas blancs, décorés de clochettes et de pompons de laines multicolores. Grégoire poussa ses compagnes du coude.

– Pas mal du tout, ces espèces d'imitations de chameaux.

– Chut, Grégoire!

– Comment ça, chut! Tu exagères, Sophie.

– Écoute la présentation, dit Élise. Madame Simard nous fait de gros yeux.

À son tour, leur professeure de sciences prit la parole.

– Pourquoi avoir choisi le Pérou comme destination, cette année ? Tout d'abord, c'est un des pays de l'Amérique du Sud qui possède le plus de trésors historiques : entre autres Machu Picchu, le train des Andes, Cuzco qui était la capitale de l'Empire inca et bien sûr le mystère du trésor d'Atahualpa. C'est une destination à découvrir pour la richesse de son histoire, la diversité de ses paysages et les vestiges de ses anciennes civilisations.

Cette fois, apparut à l'écran l'image de paysans dans leur costume traditionnel, travaillant dans les champs.

Mme Simard enchaîna :

– Pendant la partie touristique du voyage, l'hébergement se fera dans des hôtels modestes, mais sécuritaires. Lors de la visite des îles flottantes du lac Titicaca, vous serez logés en famille d'accueil. Le but sera de découvrir le mode de vie rural andin authentique. À noter que l'hébergement en famille au Pérou peut être très rustique. C'est pourquoi un bon sac de couchage sera indispensable.

M. Unancha reprit le microphone pour expliquer plus en détail les projets de recherche, une condition du voyage.

– Les élèves, en petits groupes de travail, auront à trouver des renseignements leur permettant de dresser le portrait du Pérou. Chaque équipe devra ensuite afficher les trouvailles sur sa page Web. Cette compilation constituera un site de présentation sur ce pays et conclura la première étape de nos préparatifs.

– Après les recherches, ajouta Mme Simard, commencera le vrai travail. Imaginez que vous serez une classe transplantée en vue de découvrir un environnement géographique, historique et humain différent de votre milieu habituel. Au cours des prochains mois, vous assimilerez des connaissances tant sur la langue, les us et coutumes que sur la culture du Pérou. Renseignez-vous sur les sites que nous visiterons, pour être certains de ne rien manquer ! Je vous encourage aussi à préparer un carnet de voyage en fonction de l'itinéraire, pour que vous puissiez vous souvenir de tous les endroits explorés. C'est une bonne idée d'avoir un tel journal, pour y coller vos cartes postales ou pour y inscrire les commentaires de vos amis, sans omettre d'y consigner les renseignements à retenir. Enfin, toutes ces données pourront être transférées dans votre portfolio numérique ou sur votre blogue. Votre récit de voyage sera alors des plus merveilleux !

– Il ne faut surtout pas oublier le coût du voyage, dit M. Unancha. Une question d'argent ne devrait jamais empêcher un candidat démuni, mais qui a toutes les qualités requises, d'y participer. Plusieurs possibilités s'offrent à nous pour faire une excellente campagne de financement. Megatour croit que cela fait partie de l'apprentissage. Nous vous proposons donc de ramasser des fonds à partir de produits équitables, tels des ventes de fleurs, de fruits, par exemple des boîtes de pommes en ce temps-ci de l'année et des oranges pour le temps des Fêtes, du chocolat au printemps, des épices et du café. Vous pourriez aussi vendre des billets pour clôturer la collecte de fonds par un souper-concert de mets et de musique du Pérou, qui aura lieu dans le gymnase de l'école au début de juin.

En dernier lieu, Mme Simard passa en revue l'importance de la préparation des bagages.

– Il faut garder à l'esprit que nous allons nous déplacer fréquemment. Par conséquent, nous recommandons des bagages légers, ne dépassant pas votre capacité physique, puisque vous allez devoir les transporter à pied, parfois sur une bonne distance. Notre deuxième conseil, et le plus important, concerne les chaussures. De grâce, laissez vos souliers neufs à la maison ! Vous éviterez les ampoules aux talons qui rendraient le voyage beaucoup moins agréable.

« Pour le transport aérien, les sacs à dos de randonnée ne doivent pas dépasser vingt kilos. Vous avez droit à un bagage à main à bord de l'avion. Mettez-y le nécessaire pour le vol et pour vous dépanner, en cas de perte de votre sac d'expédition ou d'un retard de livraison à l'arrivée.

« Si vous devez prendre des médicaments, donnez-nous une photocopie en double de vos prescriptions. Par mesure de sécurité, vous devez être vaccinés contre la fièvre jaune et votre médecin vous renseignera sur les autres vaccins recommandés avant le départ : les hépatites virales A et B, la diphtérie, le tétanos, la poliomyélite, la typhoïde et la rage, puisque notre voyage inclut un circuit aventureux. Vous devez avoir dans vos documents votre carnet d'immunisation. Munissez-vous de répulsifs pour éloigner les moustiques.

« Pendant le séjour, vous devez prévoir que les sacs à dos seront fouillés aux entrées de certaines attractions. Alors, n'emportez que le strict minimum et évitez tous les objets qui pourraient être considérés comme dangereux. Finalement, pour économiser de l'espace dans votre sac d'expédition, roulez vos vêtements. Ils seront plus compacts et moins froissés. »

M. Unancha termina la présentation par une dernière consigne :

– Vous devrez laisser votre cellulaire à la maison.

Des bruits de protestation et de plaintes émanèrent des jeunes dans l'auditoire. L'enseignant leva la main pour leur faire signe d'écouter.

– Si vous le permettez ! Laissez-nous vous expliquer notre raisonnement. Madame Simard et moi aurons deux téléphones pour les urgences. Vos parents pourront nous joindre en tout temps. Au rythme où vous avez l'habitude de vous servir de votre portable, les frais d'itinérance à l'étranger risquent d'entraîner des charges exorbitantes. Nous ne voulons pas que vos parents aient à payer plusieurs centaines de dollars à votre retour. Vous aurez accès à des ordinateurs, soit à l'hôtel ou dans des cafés Internet des villes que nous allons visiter.

Tous les parents se mirent à applaudir.

Mme Simard distribua à chaque famille l'itinéraire et la liste de tout ce que les élèves devaient apporter.

ITINÉRAIRE DU VOYAGE

Jour 1 :	Vol Montréal – New York – Lima.
Jours 1-2 :	Visite de Lima, capitale péruvienne et les musées de la ville.
Jour 3 :	Planche à sable dans le désert de Huacachina.
Jour 4 :	Les géoglyphes de Nazca.
Jour 5 :	Arequipa — la ville blanche.

Jour 6 :	Observation du vol des condors dans le canyon du Colca et rafting avec guide sur la rivière Chili.
Jour 7 :	Visite de Cuzco, ancienne capitale de l'Empire inca, incluant un souper folklorique avec spectacle de danses andines.
Jour 8 :	Trek en montagne jusqu'à la Porte du Soleil, visite de Machu Picchu. Retour en train d'Aguas Calientes jusqu'à Cuzco.
Jour 9 :	Découverte de la Vallée sacrée des Incas et de Chinchero, un petit village andin doté d'une surprenante église coloniale du 15e siècle.
Jours 10-11 :	Visite des îles flottantes du lac Titicaca.
Jour 11 :	Vol intérieur Cuzco – Lima.
Jour 12 :	Visite de la cathédrale de Lima le matin, en après-midi vol Lima – Montréal.

La soirée se termina par des questions de la part des parents et des participants et une dégustation du *rocoto relleno*, un piment farci, un des plats les plus célèbres de la cuisine péruvienne, typique de la ville blanche d'Arequipa.

CHAPITRE 3

Le sac d'expédition de Grégoire

Quelques jours avant le départ pour le Pérou, les trois inséparables se donnèrent rendez-vous chez Grégoire, qui, avouons-le, ne savait pas où donner de la tête au sujet de ses bagages. Il avait, bien sûr, fait ses emplettes en suivant la liste que Mme Simard avait remise à tous les participants. Quand ses amies entrèrent dans sa chambre, le plancher était couvert de sacs attestant de ses nombreux achats. Au milieu de ce fouillis, l'adolescent se grattait la tête d'un air perplexe.

— Avons-nous vraiment besoin de tout ça ?

— On verra. Je propose qu'on commence par la trousse de toilette. Élise va énumérer chaque objet, tandis que toi, tu vas faire le contrôle à partir de la liste de madame Simard.

Avec l'aide d'Élise, il ramassa les sacs et les vida à la hâte sur son lit.

— Tu es prêt ? demanda Sophie.

— *Shoot*, répondit l'adolescent.

— Alors, je commence, dit Élise en prenant chaque objet dans ses mains un à un. Crème solaire, savon, shampoing, lime à ongles, trousse

                          La rançon d'Atahualpa

de premiers soins, petit miroir et rasoir jetable, déodorant, brosse à dents, pâte dentifrice et autres articles pour soins personnels, papiers mouchoirs et papier de toilette, adaptateur de courant, débarbouillette, serviette de bain et enfin, répulsif à moustiques.

– Vérifié ! annonça Grégoire qui venait de cocher chaque objet sur sa liste.

– Au tour, cette fois, des documents importants que je vois sur ta commode, dit Sophie. Je te les montre. Passeport, billet d'avion, lettre signée de nos parents nous autorisant à faire ce voyage, deux cartes de guichet automatique, au cas où une ne fonctionnerait pas, 100 $ en billets de vingt, carte d'assurance maladie, carnet d'immunisation, pochette de sécurité, carnet de voyage, itinéraire de voyage, crayons et stylos.

– Vérifié ! cria de nouveau Grégoire. Les visas seront obtenus en arrivant à Lima.

– Bravo. Maintenant, proposa Élise, il faut faire le contrôle de tout le nécessaire genre camping. Je soulève chaque truc à mesure que je le trouve. On commence par le sac à dos de randonnée (large), le petit sac à dos de voyage, les cadenas, le sac de plastique vert, la lampe de poche, un réveille-matin, les lunettes de soleil, les petits sacs de plastique pour mettre notre mélange du randonneur, la carte du pays, une boussole, une bouteille d'eau, l'oreiller gonflable, le sac de couchage et enfin des allumettes imperméables.

– Vérifié ! lança Grégoire, débordant d'enthousiasme.

– O.K. À ton tour maintenant de faire l'inventaire des vêtements que tu dois apporter.

— Pantalons ou jeans, deux paires de shorts ou des bermudas, un chandail à capuchon, cinq t-shirts, un gilet de laine, sept paires de bas, autant de bobettes, quatre chemises ou polos, un maillot de bain, un coupe-vent, un imperméable, une paire de sandales confortables, des espadrilles et des bottes de randonnée, un pyjama, une casquette, une tuque et des gants ou des mitaines.

— Vérifié! crièrent Élise et Sophie en pouffant de rire.

— Il ne reste plus qu'à trouver de la place dans mon sac à dos pour tout ce matériel, dit Grégoire. Espérons que je pourrai le soulever de terre.

Cette fois, le commentaire provoqua une hilarité contagieuse chez le trio d'adolescents.

Jours 1 et 2

Montréal – New York – Lima

CHAPITRE 4

Le grand départ

Élise était ravie que ses parents l'aient accompagnée à l'aéroport Pierre-Elliot-Trudeau. Depuis quelque temps, les rencontres entre Simon et Sarah semblaient se multiplier. Lorsqu'elle voyait ses parents ensemble, des bouts de souvenirs venaient à la dérive lui envahir l'esprit. C'étaient toujours des moments drôles.

Lorsque son père préparait son lunch pour l'école, il découpait des trous au centre de deux tranches de saucisson, puis les plaçait sur ses yeux pour en faire des lunettes étranges. Il avait pris l'idée dans le livre de *La folle semaine de Clémentine*, qu'il lui lisait quand elle était petite. En prenant un accent italien, il demandait à sa fille :

— Allora, ragazza, aujourd'hui au ménou, nous avons un bon sandwich à la mortadella di Bologna. Ça té va, hein ?

À travers les rires, les renâclements et les hoquets, Élise aidait son père à tartiner le pain de mayonnaise et à laver des feuilles de laitue. Pendant qu'ils travaillaient, il avait l'étrange habitude de changer tous les mots d'une chanson bien connue. Le *Minuit, chrétiens* devenait :

Debout, les scouts,
c'est l'heure de la vaisselle
Les cœurs vaillants vont se mettre à l'ouvrage.
Pour effacer les traces de spaghetti,
la soupe aux pois
et le jus de grenouille.

D'autres fois, il entonnait sa version de l'hommage à la poutine du groupe Mes Aïeux.

Dans l'attente insoutenable du suprême gueuleton
Tous autour de la table posent l'ultime question :
« De quel coin de la Terre vient ce délice
de maestro ? »
Les opinions diffèrent : « Drummondville
ou Victo... »

Puis, le festin arrive, avec sa fourchette
en plastique
Enfin sous la gencive, le fromage fait couic-couic
Et si la décence invite à déguster lentement son bol
Faut quand même faire ça vite, avant qu'les frites
deviennent molles

Un soir, lorsqu'il épluchait des carottes pendant la préparation du souper, le père d'Élise s'était fait une énorme moustache orange, en proclamant :

— Je pense que je vais devoir renoncer à mon régime végétalien strict. En me regardant dans la glace ce matin, j'ai remarqué une subtile métamorphose ou plutôt de petits effets secondaires presque imperceptibles. Vous n'avez rien remarqué ?

Sarah avait fait la moue. En riant, Élise leur avait tourné le dos pour se faire à son tour une grosse moustache de morse orangée. Puis, père et fille avaient poursuivi Sarah autour de l'îlot de la cuisine comme deux zombies.

    La rançon d'Atahualpa

*   *
*

— Et maintenant en route pour le Pérou ! dit Grégoire la sortant de ses rêveries.

Les trois amis prirent place dans l'avion. Élise se retrouva coincée entre ses deux amis. Grégoire regardait des bandes dessinées sur l'écran de télévision, tandis que Sophie écoutait de la musique et feuilletait des livres sur des histoires de momies. Malgré le bourdonnement des moteurs et le manque d'espace, Élise s'endormit et elle roupilla, tantôt sur l'épaule de Sophie, tantôt sur celle de Grégoire. Pendant ses moments d'éveil, une idée germa dans son esprit et ce pressentiment l'inquiéta. « J'espère, se dit-elle, qu'il n'y aura ni dérèglement climatique, ni incident imprévu, ni contrariété pour bouleverser nos plans de voyage. »

Onze heures plus tard, après une brève escale à New York, l'avion se posa à l'aérogare de Lima. Le groupe de douze et leurs professeurs, un peu fourbus par le voyage, attendaient dans une longue file de contrôle pour faire tamponner leur passeport d'un visa temporaire, avant de pouvoir récupérer leurs bagages. Grégoire en profita pour converser avec le douanier comme avec un vieil ami.

— Tu parles bien l'espagnol. J'aimerais avoir ce don, avoua Élise.

— Il ne faut pas m'envier, toi la virtuose en musique. Je suis plutôt genre collectionneur placard, mais depuis notre voyage en Europe, je n'arrive pas à expliquer mon appétit insatiable pour apprendre de nouvelles langues. Je maîtrise déjà assez bien l'allemand et cette année, j'ai beaucoup appris dans les classes d'espagnol de M. Unancha.

Plus tard, je voudrais étudier l'italien et le japonais ainsi que les langues mortes comme le grec et le latin. »

— Incroyable ! souffla Sophie un peu jalouse. À mon grand désespoir, je ne suis pas du tout douée pour les langues.

— Moi non plus. Je connais juste les jours de la semaine, les mois de l'année et comment on dit merci et au revoir en espagnol.

— Les filles, lorsqu'on arrive à parler une seconde langue, c'est plus facile d'en apprendre d'autres.

Une fois passées les douanes, M. Unancha réunit les étudiants pour leur donner quelques renseignements.

— Notre guide ainsi que l'autobus privé qui devaient nous reconduire à l'auberge de jeunesse Malka sont pris dans un embouteillage à l'autre bout de la ville. Puisque nous devons les attendre, madame Simard et moi allons surveiller les bagages. En petit groupe, au bureau de change, vous pourrez obtenir des *nuevo soles* ou nouveaux sols pour vos dollars. La monnaie du pays est divisée en *centimos* ou centimes.

« Comme vous le voyez, l'aéroport Jorge Chavez est de petite taille, alors impossible de vous y perdre. Allez prendre une collation ou visitez les boutiques de souvenirs. Si vous achetez quelque chose, rappelez-vous que vous aurez à le trimballer durant tout le voyage. Et de grâce, essayez de vous intégrer subtilement et harmonieusement à votre milieu d'accueil. Soyez tous de retour ici, dans une heure. »

*   *
*

À la sortie du bureau de change, sols en main, les trois inséparables choisirent d'aller explorer la zone commerciale chacun de son côté. Sophie voulait voir les boutiques de vêtements. Grégoire avait repéré un kiosque d'objets folkloriques et traditionnels, tandis qu'Élise avait une petite fringale.

– Puisqu'il n'y a que trois casse-croûtes et deux restaurants-minute, je serai au Manacaru. Vous voyez, là-bas tout au fond, près de l'endroit où il y a le contour illuminé des continents au plafond. Je pense qu'on y vend des cafés et des desserts.

– D'accord, à tout à l'heure, lui répondirent ses amis.

Au point de rendez-vous, Élise commanda un café et s'installa à une table ronde entourée de trois tabourets, pour voir défiler les gens. Certains semblaient dépaysés comme elle, d'autres se pressaient pour aller prendre leur avion, d'autres encore venaient à la rencontre des touristes, des amis ou des membres de leur famille.

Au bout d'un moment, elle vit une dame élégante s'approcher d'un homme penché sur la balustrade de la mezzanine surplombant le hall commercial. « Tiens, je connais cette tête, se dit-elle. Mais ce n'est pas possible, cet homme est presque chauve et il est moustachu, alors que… Mais ce menton, je reconnais la carrure de ce menton. Ce n'est pas possible ! D'ailleurs, pour purger sa peine, on l'a enfermé dans la prison d'un monastère en Allemagne. Impossible qu'il soit ici. »

Au même moment, elle reconnut la voix de Grégoire venu la retrouver.

– *Holà ! Signorina !* entendit-elle.

Élise fit une grimace et se couvrit les yeux pour ne pas se mettre à rire. Elle cherchait aussi à se soustraire de la vision embarrassante qui se dressait à l'entrée du café. Elle grinça des dents et voulut rentrer sous terre. Son ami portait un bonnet péruvien fait à la main avec de la laine d'alpaga. Au bout des deux cache-oreilles pendaient deux énormes pompons tricolores, tandis que sept autres, de la couleur de l'arc-en-ciel, bringuebalaient du haut du bonnet lui effleurant l'épaule. De plus, il arborait fièrement un large poncho tissé, orné de dessins géométriques sur un fond rouge. Il avait roulé les jambes de son jeans à mi-mollet et chaussait des baskets hautes en couleur, à motifs d'artisanat traditionnel péruvien.

— Grégoire Mercier, tu appelles ça t'intégrer subtilement et harmonieusement à notre milieu d'accueil !

— Tu sauras, Élise Poirier, que ces baskets sont à la dernière mode.

— Et la tuque ? Et le poncho ?

— La tuque, j'avoue, est un peu chaude. Tu sais, on l'appelle *chullo*. Je vais la mettre cet hiver, à Montréal. Mais, regarde ! Le poncho est génial ! On peut le porter par-dessus le sac à dos. Comme ça ! dit-il en se tournant pour lui montrer l'effet. Il est également très utile comme abri de fortune pour la nuit.

— Je ne pense pas qu'on va dormir à la belle étoile sur la pampa et encore moins au sommet de la cordillère des Andes.

— On ne sait jamais ! Le commis m'a dit que le poncho est facilement convertible en toile de tente. De nombreuses personnes l'utilisent pour ne pas se charger de matériel à double emploi.

– N'as-tu pas déjà un sac de couchage dans tes bagages ?

– Oui, mais je n'ai pas de tente ! Pas bête, le gars, dit-il en pointant sa tempe de l'index.

Élise fit un L, l'index et le pouce à angle droit sur son front, en lui faisant de nouveau une grimace. Elle ne voulait pas dire à voix haute qu'il était débile.

Grégoire ignora son geste.

– Écoute ! Écoute ! Les Incas étaient brillants, étonnants ! Je dirais même géniaux ! Le poncho fait également office de vêtement de survie super efficace. Vous vous assoyez les jambes en ciseaux sur un isolant comme un sac à dos, un tapis ou des branches d'arbre. Le tissu de laine touchera le sol et une fois bordé sous les genoux, il formera une petite tente. À l'aide d'une bougie que vous allumez à l'intérieur, l'espace sous le poncho se réchauffe rapidement et vous permet de survivre par des nuits en montagne, où la température peut tomber sous zéro. Sans équipement particulier de camping ni fibres textiles spéciales pour l'étanchéité et l'isolation thermique, on peut tranquillement attendre que le soleil se lève.

Comme Grégoire finissait ses explications, Sophie entra dans le café.

– Oh ! Wow ! J'adore tes baskets. Elles sont vraiment *cool*.

– Tu vois, elle au moins me comprend. Je ne pouvais tout de même pas sortir les mains vides de cette boutique. Le commis était tellement gentil. De plus, il a pris la peine de m'expliquer plein de mesures de sécurité à suivre dans les villes.

Élise grimaça encore une fois et le singea en marmonnant :

– Elle au moins… me comprend.

– J'ai une faim de loup, dit Sophie, en regardant l'heure à sa montre. Il ne nous reste pas grand temps et je ne voudrais pas faire attendre monsieur Unancha ni les autres. On a quand même quelques minutes pour prendre un petit quelque chose ici.

– Oui, si Grégoire enlève son déguisement, il pourra nous dire ce qu'il a appris. Ah ! au fait, je crois avoir vu le docteur Blunier. Il était…

Élise pointa en direction de la mezzanine, mais personne ne s'y trouvait, sauf des voyageurs pressés.

– Sans doute, un mirage, lui dit Sophie. Blunier doit purger une peine de dix ans de prison chez des moines cisterciens de Bavière, où il enseigne le chant à de jeunes délinquants. Ton imagination te joue des tours. Et puis, qu'est-ce qu'il serait venu faire dans ce pays ? Je doute qu'il veuille piquer des trésors, comme il tentait de le faire en Europe. Impossible que ce soit lui !

Élise haussa les épaules.

– Tu as sans doute raison, mais je ne suis pas tout à fait rassurée.

Grégoire enleva son bonnet de laine et son poncho, les plia soigneusement et les mit dans son sac à dos. Il tira une chaise pour Sophie et il s'installa à son tour à table avec ses amies. Tous trois commandèrent des *suspiro de limeña*, une sorte de crème anglaise à la vanille et à la cannelle, coiffée d'une meringue.

– Quel délice, dit Sophie en avalant les dernières miettes vanillées de son dessert. Je crois que je vais aimer ce pays.

Une fois leur collation payée, les trois adolescents s'empressèrent de rejoindre leur groupe qui se dirigeait vers la sortie. Leur autobus venait enfin d'arriver.

CHAPITRE 5

Visite de la capitale

Debout à l'avant du véhicule, micro en main, la guide souhaita la bienvenue au groupe d'élèves et aux adultes installés dans leur siège.

– *Saludos y bienvenidos* à Lima. Je m'appelle Luna Mitag. À la dernière minute, j'ai dû remplacer le guide qui normalement vous aurait fait faire la visite de la capitale. Il a eu un petit malaise. Nous nous excusons aussi du retard. Voyez-vous, dans une métropole qui compte près de huit millions d'habitants, il faut s'attendre parfois à des embouteillages monstres.

« En route, je vous dresserai un bref portrait de la ville que nous aurons la chance d'explorer demain. Parce que vous avez eu la gentillesse de patienter et que nous avons retardé le début de votre visite, nous allons vous offrir l'entrée gratuite à notre célèbre Muséo de Oro, le Musée de l'or, ouvert en soirée. Vous allez y découvrir l'expertise et la compétence des anciens habitants du Pérou à transformer ce métal précieux en de magnifiques boucles d'oreilles, des bracelets ou encore des anneaux pour le nez et la poitrine. »

Tous les étudiants qui avaient des piercings exprimèrent bruyamment leur approbation par des sifflements et des applaudissements. Sophie et Élise s'attendaient à ce que Grégoire se mette à chialer en entendant prononcer le mot « musée », déclenchant une crise d'asthme ou pire encore une crise d'urticaire. Elles savaient trop bien qu'il détestait faire le pied de grue dans les files d'attente, qu'il avait horreur, par la suite, de se faire bousculer par la meute de touristes en pâmoison devant chaque nouvel objet qui s'offrait à leurs yeux. Plus que tout, le large troupeau, avançant en se traînant les pieds, suivant un sentier étroitement tracé par des cordons de velours pour empêcher les visiteurs de toucher ou de subtiliser certains objets convoités, l'horripilait.

Ne voyant aucune réaction, Sophie posa la première question :

— Grégoire, tu as bien entendu le mot « musée » ?

— Oui et après ?

— Je croyais, lui rappela Élise, que tu choisirais de dormir sur un lit de clous ou de marcher sur des charbons ardents, plutôt que de faire la visite d'un MUSÉE !

— Ne soyez pas idiotes ! C'est après tout celui de l'or, « mille millions de mille sabords ».

— Eh bien voilà, j'aurais dû m'en douter. Avec ses lectures des aventures de Tintin, il est sur la trace du *Temple du Soleil*.

L'adolescent ignora le commentaire de Sophie et continua son explication.

— Élise, dormir sur un lit de clous n'est pas si mal. Il faut simplement que leur nombre soit assez important pour soutenir une distribution uniforme de la masse. De cette façon, aucun clou ne pénètre l'objet posé sur la planche. Les fakirs qui s'en servaient pour leurs méditations ne ressentaient aucune douleur. Vois-tu, la pression des clous fonctionne sur le principe de l'acuponcture. Sans toutefois percer la peau, elle stimule la circulation sanguine, la sécrétion d'endorphines et à ce qu'il paraît, c'est très relaxant.

— Et pour les charbons ardents ?

— Sophie, à ton tour de répondre.

— C'est possible de marcher à travers un lit de charbons ardents, parce que le bois est un conducteur moche. Il faut comprendre que la chaleur est transmissible par la conduction, la convection et le rayonnement. Nos pieds sont eux aussi de mauvais conducteurs. Le contact entre les pieds et les charbons couverts de cendres est minime et trop rapide pour provoquer une sensation de brûlure ou carboniser la chair.

— Mes amis sont de vraies lumières ! clama Élise, sourire en coin.

M. Unancha leur fit signe d'écouter la présentation de la guide.

— Appelée Rimac, avant d'être connue sous le nom de Ciudad de los Reyes, la Cité des Rois, Lima est la capitale du Pérou. Premier lieu financier, culturel, commercial et politique du pays, c'est une ville très contrastée, parfois très moderne, parfois très pittoresque, tantôt riche et tantôt miséreuse. Elle possède aussi un grand patrimoine historique avec ses sites archéologiques, ses musées, ses galeries d'art et ses festivals. À ce que me disent vos professeurs, vous avez dû faire des travaux préliminaires pour vous familiariser avec notre pays. De ce fait, votre visite sera, nous l'espérons, des plus agréables.

Puis elle ferma le micro pour le reste du trajet.

Au bout d'un long parcours sinueux à travers plusieurs quartiers de la ville, l'autocar s'immobilisa devant les portes du musée. Luna Mitag remit à chacun le billet qu'il devait présenter au guichetier. Voulant leur donner un aperçu de ce qu'ils allaient voir, elle s'empressa d'ajouter :

– Le Musée de l'or possède des milliers d'artefacts, incluant des ponchos brodés et incrustés de plaques d'or.

– Tiens, des ponchos, répéta Grégoire d'un air moqueur en faisant une simagrée à Élise. C'est donc vrai que les Incas s'en servaient. Tu imagines, un poncho couvert d'or ?

– Vous y trouverez aussi, poursuivit la guide, une collection de gigantesques boucles d'oreilles de valeur inestimable.

– Je ne veux pas manquer ça ! s'exclama Sophie.

– La collection d'or et d'argent se trouve au sous-sol. Les sept mille pièces ont revêtu, au fil du temps, un symbolisme magique et religieux très complexe. Pour la culture préinca, ces métaux représentaient la dualité constante entre le soleil et la lune, le jour et la nuit, le féminin et le masculin, tandis qu'au cours de l'Empire inca, le dieu soleil ou Inti symbolisait le lien entre le souverain et l'astre céleste divin. Pour ceux que ça intéresse, vous trouverez au rez-de-chaussée la collection d'armes connue comme étant la plus grande au monde.

Les étudiants se précipitèrent pour descendre du véhicule. Ils passèrent à la consigne à bagages et mirent leur sac à dos sous clé. En tête de file, Grégoire se dirigea vers la salle d'armes. Élise et

Sophie préféraient aller voir la collection d'objets en or.

— Je ne comprends pas sa fascination pour les fusils, dit Élise.

— C'est à n'y rien comprendre. Les gars sont bizarres.

Devant les vitrines, au bout d'un moment, Sophie s'étonna du piètre état des lieux.

— Ce musée donne l'impression d'un bric-à-brac poussiéreux. On dirait qu'ils n'ont pas fait le ménage depuis trente ans. C'est triste parce que les objets en or sont magnifiques.

— As-tu remarqué quelque chose d'étrange dans les étalages ?

— On dirait qu'il manque des objets. On voit très bien leur contour plus pâle laissé sur le velours bleu derrière les vitrines.

— Crois-tu que quelqu'un les a volés ?

— C'est possible. Il serait facile de déjouer un système de sécurité probablement aussi archaïque que les capacités d'entretien ménager.

Élise lui fit un sourire amusé.

— Tu restes avec moi pour faire la visite ?

— Je serai juste à côté, je tiens à voir la collection de bijoux dont la guide nous a parlé.

*　　*
*

Devant l'éblouissante collection d'artefacts en or, Élise fut distraite par un mouvement insolite. Du coin de l'œil, elle vit une femme élégante, vêtue d'un tailleur de style Coco Chanel. Son sac à main et ses souliers étaient en cuir verni rouge. Le nez collé à la vitrine, elle semblait examiner un plastron cérémonial en or massif, à plusieurs pointes, dont certaines étaient estampées d'une tête de chauve-souris vampire. Au bout d'un moment, la dame se tourna de côté pour ouvrir son sac à main et quelque chose à propos de ce geste déclencha un avertissement, une alerte chez Élise. Le vague souvenir d'un événement récent lui fit un effet gênant… comme si elle reconnaissait cette femme. Pourtant, Élise ne connaissait personne au Pérou.

Depuis son voyage en Europe, elle ne se fiait qu'à ses propres intuitions, peu importe si elles étaient saugrenues, brindezingues ou complètement à côté de la plaque. Elle ne laissait plus rien au hasard. Lorsque la femme déambula vers une autre partie du musée, Élise se mit à la suivre, tout en gardant une distance sûre. Elle la vit scruter chaque objet, la face presque étampée sur la vitrine comme une myope examinant chaque détail. Tout à coup, l'élégante disparut… elle s'était volatilisée. Le temps de détourner le regard… et il n'y avait plus personne. « S'est-elle enfoncée dans le sol ? se demanda Élise. Cette carte de mode ne s'est tout même pas évaporée dans l'air. »

En suivant un étroit corridor, Élise trouva une espèce de grande salle carrée. Sur le mur extérieur, elle put lire une affiche explicative :

Reproduction du cachot d'Atahualpa

Où Pizarro enferma le prince de l'Empire, le « Fils du Soleil ».

Pendant son incarcération, le jeune monarque péruvien, se rendant compte que les Espagnols portent un intérêt particulier aux métaux précieux, propose pour sa libération une fabuleuse rançon en or et en argent. Les Espagnols acceptent son offre et, sur l'ordre de leur souverain, les sujets apportent de tous les coins de l'Empire une quantité extraordinaire d'or et d'argent. Ils livrent 82 tonnes d'or et 164 tonnes d'argent. En l'espace de deux mois, ils remplissent ainsi une fois d'or et deux fois d'argent, le cachot mesurant 6,7 m de long sur 5,2 m de large et 2,4 m de haut. Ce que le prince Atahualpa remplissait de jour, Pizarro le vidait de nuit.

Élise pénétra avec précaution dans le cachot. À cause de l'éclairage tamisé, elle avança à pas hésitants. Ses yeux s'ajustaient à la pénombre, quand elle eut un moment de panique. Ses cheveux se dressèrent sur sa tête, lorsque la porte de la cellule claqua derrière elle. Le violent fracas la fit sursauter. Affolée, elle pivota pour croiser le regard de la femme qu'elle croyait disparue. À travers les barreaux, elle considérait Élise, comme si l'adolescente avait été un animal en captivité. L'étrangère avait de grands yeux verts et ses cheveux roux cuivrés contrastaient avec sa peau pâle. Sa chevelure ardente tombait en cascade bouclée sur ses épaules.

— Tu n'as rien à craindre pour le moment, susurra-t-elle avec son accent russe. Je m'appelle Dragana et je veux seulement te parler.

Rien, dans sa voix mielleuse, ne semblait menaçant. Pourtant, Élise dut faire tous les efforts pour ne pas se mettre à hurler. Au bout d'un moment, la femme mystérieuse dit encore :

— Tu me reconnais maintenant, n'est-ce pas ?

— Oui, vous êtes venue rejoindre le docteur Blunier sur la mezzanine à l'aéroport.

– Quelle jeune fille attentive, intelligente et perspicace tu es ! Karl m'avait avertie, précisa-t-elle, en lui faisant un clin d'œil.

Élise aurait voulu se botter le derrière. « Que je suis bête d'avoir cru que toute l'histoire serait terminée avec Blunier ! », pensa-t-elle en examinant furtivement le caveau où elle était enfermée. Malgré la situation étriquée et tendue, elle espérait trouver une autre issue que la porte avec les barreaux.

– Je croyais que...

– Tu croyais que le docteur Blunier était détenu, comme tu l'es en ce moment. Non, il est libre comme l'air. Ç'a été facile pour lui de s'évader de sa jolie prison à sécurité minimale. Il n'était pas enfermé dans une cellule de moine, comme on pourrait le croire. Il avait plutôt accès à une magnifique salle de musique avec des ordinateurs de la plus récente génération, munis de puissants logiciels pour chacun de ses élèves. Le docteur Blunier leur donnait des leçons de chant, ses élèves devaient ensuite s'enregistrer comme dans un vrai studio, pour prouver qu'ils faisaient du travail et du progrès, leur évitant ainsi des ennuis avec leurs gardiens.

« En guise d'échange, les délinquants, à leur tour, lui ont enseigné comment retracer toutes tes communications avec Grégoire et Sophie sur MSN et Instagram. Ils lui ont aussi montré comment traquer vos activités journalières sur d'autres sites publics, dont l'accès est tout un chacun. Vous, ados, semblez croire que vos communications se passent en vase clos. Mais, toi et tes petits amis aviez laissé de larges empreintes électroniques dans l'éther. »

Élise fit presque une grimace en pensant à toutes les folies qu'elles et ses amis se racontaient parfois en ondes.

— En plus de vouloir se venger, il cherchait un pays intéressant, avec une histoire et un climat qui lui plaisait, où il espérait finir ses jours. Il a découvert le Pérou, mais il y avait un bémol, toi et tes amis veniez y faire un voyage scolaire. Alors...

— Alors, il vous a envoyée nous livrer un petit message, mais on aurait pu rester ignorants du fait que Blunier était ici.

— Je sais, mais non ! Le Maître adore prendre des risques et comme il a tellement changé son apparence, il voulait voir si en nous apercevant sur la mezzanine tu paniquerais. Par bonheur, tu es restée d'un calme olympien. Satisfait par ton manque de réaction, il a cru bon de m'envoyer pour te mettre en garde, question de te faire glacer le sang.

— Que me veut cet énergumène désaxé ? demanda Élise, voulant répéter une expression qu'elle avait souvent entendu Grégoire utiliser en parlant de Blunier.

— Rien pour le moment, sauf te livrer un message bien clair. Tu vois, il ne faudrait pas que toi et tes petits amis pensiez à signaler aux autorités la présence du docteur Blunier au Pérou, sinon...

— Sinon, quoi ?

— Tes petits amis pourraient tomber entre les mains de gens prêts à tout faire, pour la bonne somme.

— Les acolytes de Blunier sont tous en prison en Allemagne, lança Élise, voulant se montrer frondeuse.

– Tu oublies qu'il contrôlait un immense réseau international. Dans notre milieu, même si le chef a eu, disons, un petit contretemps, ses associés peuvent se mobiliser dès le signal donné.

La dame aux souliers rouges pencha la tête sur le côté et fixa Élise de son regard cruel tout en lui faisant un sourire affectueux.

– Nous ne savons toujours pas comment une adolescente de ton âge est arrivée à bousiller et à ruiner une si belle entreprise de trafic d'art. Mais cette fois, si tu t'interposes entre nous et nos plans, il y aura de graves conséquences.

– Quels plans ?

– Je ne peux rien te dire et ne t'avise pas de chercher à le savoir.

Dragana n'eut pas le temps de l'éclairer davantage. Des pas résonnaient dans le couloir. Élise tendit l'oreille en direction du bruit.

– Silence de mort, sinon…, chuchota la Russe comme dernier avertissement, avant de se hâter de quitter les lieux.

CHAPITRE 6

Vol au Musée de l'or

Élise se mit à appeler au secours et à frapper sur la porte de sa prison.

— Aidez-moi ! Je suis là !

Entre les barreaux, Sophie et Grégoire observèrent leur amie d'un air perplexe.

— Quand on est coincé dans une cellule, le pire ennemi, c'est l'ennui, dit Sophie.

— Je promets de venir te visiter au moins une fois par mois, promit Grégoire. Et, je jure de t'apporter un énorme gâteau avec une lime et des outils cachés à l'intérieur.

— Mercier, je ne te trouve pas drôle du tout. Sophie Langlois, le moment est mal choisi pour faire ce genre de blagues. Sortez-moi de là ! Allez chercher quelqu'un qui peut m'ouvrir !

Sophie s'avança et poussa sur la porte qui grinça sur ses pentures et s'ouvrit, comme par enchantement.

Élise se sentit à la fois furieuse et honteuse d'être tombée dans ce traquenard. « Comme je suis bête d'avoir cru que la porte était verrouillée !

se dit-elle. Impossible de l'ouvrir si j'étais plantée devant ! »

À vrai dire, Dragana n'avait jamais laissé entendre que la porte était verrouillée. Une fois libérée, l'adolescente sentit ses jambes fléchir.

– Il faut la sortir d'ici ! s'écria Sophie. Elle est blanche comme un os. Elle doit changer d'air.

– Et le plus tôt sera le mieux. Je n'en peux déjà plus, gémit Élise.

– Oui, je suis d'accord, si on allait voir les collections d'armes au rez-de-chaussée ? J'ai vu un couteau qui portait encore des traces de sang. Il a dû servir à des sacrifices humains.

– Grégoire, gronda Sophie, ce que tu peux être toto des fois !

– Quoi ? Tu as dit qu'il fallait qu'elle change d'aire.

– Je voulais dire A I R, comme oxygène, air pur, celui qu'on trouve dehors.

Pendant que ses amis se disputaient, Élise prit quelques bonnes respirations. Au bout d'un moment, elle était de retour au rose et put enfin leur dire :

– Sophie, Grégoire, vous ne me croirez pas, mais le docteur Blunier est ici. Ce n'était pas mon imagination qui me jouait des tours. C'est bien lui que j'ai vu à l'aéroport.

– Où est ce traîne-potence ? insista Grégoire.

– Pas ici dans le musée, mais il est définitivement au Pérou, selon sa nouvelle complice qui m'a pincée dans le cachot d'Atahualpa et qui m'a fait des menaces.

– Mais Blunier est en prison, affirma Sophie.

– Plus maintenant. Et il nous a traqués en suivant nos traces sur Internet.

— Le connaissant, il a dû trouver un moyen ingénieux de s'évader ou un moine astucieux qui l'a aidé.

— Grégoire, sois sérieux pour cinq minutes, admonesta Sophie.

— Sa complice, Dragana, tout aussi sinistre que lui, m'a avertie de ne pas parler à la police ou ils s'en prendraient à vous deux.

— On est capable de se défendre, lança Grégoire, frondeur.

— Dragana m'a dit que, pour la bonne somme, les gros bras de Blunier seront prêts à tout.

— Ses menaces ne m'impressionnent pas. Blunier a tout perdu quand on l'a mis en prison. Sans argent il ne peut pas faire grand-chose.

— Il ne faudrait pas le sous-estimer, avertit Sophie. Ce genre de criminel trouve souvent des sources de fonds provenant de milieux crapuleux.

— Dragana m'a dit qu'il ne voulait pas que son plan soit bousillé par nous. Elle n'a pas eu le temps de m'en dire plus, parce que vous êtes venus me secourir.

— Je parie que Blunier cherche à mettre la main sur le trésor des Incas, proposa Sophie. S'il le trouve, il ne pourra pas le garder longtemps.

— Ne dit-on pas que « celui qui trouve, garde » ? s'enquit Élise.

— Dans le passé, expliqua Grégoire, des hommes comme Lord Elgin ou Napoléon, après leurs victoires, croyaient pouvoir emporter tout ce qu'ils trouvaient dans les pays conquis, comme butin de guerre.

— Des œuvres et des biens enlevés à l'ennemi, les fruits du pillage, tout comme le faisaient les Espagnols, précisa Sophie.

     La rançon d'Atahualpa

— Blunier ne pourrait-il pas faire la même chose ?

— Impossible, Élise, d'abord il est sans doute recherché par Interpol.

— Et, ajouta Grégoire, aujourd'hui, il y a des lois pour protéger les trésors archéologiques contre ce genre de cambriolage. D'autant plus que ces richesses appartenaient aux premières nations du Pérou.

— Heureusement que j'ai de la chance d'avoir l'expertise d'un archéologue en herbe et d'une criminologue de grand talent pour répondre à toutes mes questions, dit Élise pour taquiner ses amis.

— On devrait peut-être mettre monsieur Unancha au courant de ce qui se passe, suggéra Sophie. Puisqu'il a grandi au Pérou, il connaît mieux le pays que nous et il saura nous conseiller.

*   *
*

Au pas de course, le trio se dirigea vers l'escalier menant au rez-de-chaussée. Distraite par de nouvelles préoccupations, Élise ne s'aperçut pas qu'à l'endroit où Dragana avait examiné de près un artefact en particulier, elle avait laissé la trace de son crime. Le contour d'un objet manquant était bien visible sur le velours noir recouvrant le fond des armoires, sans serrures, de la salle d'exposition. Devant la vitrine, Élise l'avait vue fouiller dans son sac à main. Mais ce geste lui avait semblé naturel et sans conséquence. Elle ne s'était pas doutée que Dragana, en fait, prenait des mesures pour être certaine de pouvoir glisser l'objet convoité dans sa bourse, sans qu'on puisse le détecter.

Les trois adolescents entrèrent en coup de vent dans la boutique de cadeaux. Élise poussa Grégoire du coude et pointa du doigt une magnifique affiche en couleur, suspendue au mur du fond.

— C'est lui, n'est-ce pas ?

— C'est sans doute le prince Atahualpa, proposa Sophie.

M. Unancha faisait la file à la caisse, avec des élèves qui achetaient des cartes postales. Grégoire s'approcha de lui.

— Monsieur, on peut vous parler ?

— Oui, oui, j'en ai pour un instant.

Quelques minutes plus tard, il se joignit aux trois adolescents.

— Que se passe-t-il ?

Voulant éviter de créer des remous, Sophie tourna autour du pot en posant une question vague et anodine.

— Que pouvez-vous nous dire à propos de l'homme que l'on voit sur cette affiche ?

— Vous voulez dire Atahualpa, le dernier prince des Incas. Vous devriez être au courant de son histoire, après toutes les recherches que je vous ai fait faire ?

Grégoire secoua la tête, l'air un peu penaud. Élise s'empressa d'intervenir :

— Moi si. Je t'expliquerai plus tard, Grégoire. En découvrant l'or des Incas, les Espagnols ont volé les trônes et les fontaines en or massif, en plus des vases et des plats finement ciselés et décorés. Ils ont même fait fondre tous ces joyaux inestimables pour les réduire en lingots. Ensuite, ils les ont chargés à bord de leurs galions pour les expédier vers l'Espagne. Plusieurs de ces navires ont même sombré au large des Caraïbes et du Canada.

— Il y a des trésors sur les côtes du Canada ?

— Oui, oui, Grégoire, je te raconterai plus tard, insista Élise.

— Vous savez, reprit M. Unancha, que les Espagnols ont pris le célèbre prince en otage et ont demandé une rançon pour le libérer ?

— Une fois la moitié de la rançon payée, ajouta Élise, les Espagnols ont vite constaté à quel point le prince était puissant. Ils ont craint qu'une fois remis en liberté, un homme avec autant de prestige et d'autorité ne reprenne avec ses guerriers le contrôle du pays. Pizarro a préféré le sacrifier.

— C'est pourquoi les Espagnols décidèrent de l'accuser de toutes sortes d'atrocités, à faire frémir d'horreur et d'indignation les cœurs sensibles et pieux. Ils allèrent jusqu'à fomenter une révolte, expliqua le professeur d'histoire.

— Quelle injustice ! s'écria Grégoire.

— Les conquistadors étaient des hommes cruels et sans pitié, affirma M. Unancha. Pizarro présidait lui-même le tribunal et nomma tous les autres membres du jury. À la conclusion du procès, Atahualpa fut condamné à mourir au bûcher. Le prince péruvien fut horrifié par cette sentence et demanda à mourir autrement.

— Quelle méthode d'exécution a-t-il choisie ? demanda Sophie.

— Après s'être fait baptiser comme chrétien, il a choisi la mort par strangulation, s'assurant ainsi une fin honorable.

— Il s'est converti…, mais je croyais… ? s'enquit Grégoire.

— Il n'avait pas grand choix, on lui a donné un nom chrétien et trois mois après sa capture, le 29 août 1533, il fut conduit au lieu d'exécution, en face de son propre palais, où il fut attaché à un poteau et garrotté.

— Mourir au bûcher ou mourir en se faisant étouffer, une mort est aussi pire que l'autre. Alors là, je ne comprends vraiment pas, affirma Grégoire.

— Pour lui, c'était pourtant simple. Les Incas croyaient que si le corps était brûlé, l'âme ne serait pas en mesure d'aller vers la vie d'outre-tombe.

— Je suis fier de toi, Élise, dit M. Unancha. Tu es vraiment bien renseignée sur le sujet.

Élise lui sourit tout en étant un peu mal à l'aise.

— Mais, monsieur Unancha, en tuant le prince, les Espagnols ont sans doute perdu la seconde moitié de la rançon ? s'enquit Grégoire.

— En effet, ils ignoraient que le gros du trésor était déjà en route, chargé sur des lamas. En apprenant la nouvelle de l'exécution de son maître, alors qu'il se trouvait à une semaine du palais de Cajamarca, le grand général Rumiñahui s'empressa de faire disparaître le reste du trésor destiné à la libération du fils du Soleil. On l'estime aujourd'hui à 60 000 charges d'or, en tout 700 tonnes de pièces, environ 25 fois la rançon perçue par les conquistadors. Ainsi, cette richesse mirifique, dissimulée aux yeux du monde depuis le 16e siècle, demeure à ce jour le magot le plus colossal ayant échappé aux griffes des chercheurs d'or. Son emplacement est devenu un des secrets historiques les mieux gardés et une énigme des plus mystérieuses.

— Personne n'a découvert l'endroit où a été caché le reste du butin ? demanda Sophie.

— Il y a toutes sortes de théories, mais aucune preuve solide, précisa leur professeur d'histoire. Les archéologues fouillent toujours, sans succès, ici et là au sud de Quito et dans la cordillère des Andes, pour découvrir le reste du trésor d'Atahualpa.

« Et Blunier cherche à résoudre l'énigme, se dit Élise. Maintenant, j'y suis ! Ce malade veut devenir non seulement riche, mais aussi puissant que le prince des Incas. Il est encore plus fou que je ne le croyais. »

– Où le prince a-t-il été enterré ? demanda Sophie.

– Voilà un autre grand mystère. Personne ne le sait exactement. On raconte que ses soldats ont paré sa dépouille de ses plus beaux habits, de son borla et de son diadème en or solide et du plastron cérémonial que vous voyez sur l'affiche. Après les rituels de l'Église, ils ont d'abord aidé à ensevelir leur maître sur les lieux de son assassinat.

– D'abord ? sollicita Grégoire.

– Selon la légende, peu de temps après la mort de leur régent, ses fidèles ont exhumé son corps pour le momifier. Ensuite, ils l'ont transporté sur une plateforme en or massif vers la ville de Quito, dans le plus grand secret et ne voyageant que la nuit, pour le déposer dans la tombe de ses ancêtres dans son royaume du nord, comme il l'avait souhaité.

– Est-ce que les Espagnols ont alors pris les pleins pouvoirs ?

– Oui et non, Sophie. Après la mort d'Atahualpa, Pizarro plaça Manco Capac II, un empereur fantoche, sur le trône.

– Un descendant de Rascar Capac, dit Grégoire, cet « ectoplasme à roulette » ?

– Ah ! Grégoire, s'impatienta Sophie, cesse avec ces insultes du capitaine Haddock !

Leur professeur d'histoire s'esclaffa.

— À ce que je vois, vous êtes un adepte de Tintin.

— J'exaspère Sophie avec mes histoires. Mais cette momie avait plein de pouvoirs maléfiques ! précisa Grégoire.

— Certes, mais c'est une invention de toute pièce du grand Hergé. Le vrai Capac aurait pillé la tombe de son demi-frère Atahualpa, croyant que sa couronne et ses bijoux lui donneraient du pouvoir. Malheureusement, l'Empire inca était déjà anéanti. Et dans la ville de Cuzco, Manco Capac II n'était qu'un guignol, que les deux frères de Pizarro s'amusaient à humilier publiquement. À tel point qu'au cœur de la noblesse de cette ville, un sentiment de révolte allait déclencher une grande rébellion, menée par le nouvel empereur pantin. Il trouva parmi les siens plus de 30 000 insoumis prêts à le suivre. Bien des années plus tard, il fut assassiné par un jeune conquistador se faisant passer pour un ennemi des Espagnols. Sous prétexte de chercher refuge chez les partisans, il aurait fait croire à Manco Capac II qu'il voulait se joindre à leur cause et se battre dans leur camp.

Le récit de M. Unancha fut interrompu par un signal de la guide.

— Allons, les trois mousquetaires ! Le chauffeur nous attend.

— Nous devons nous rendre à l'auberge de jeunesse, sinon nous n'aurons pas de chambres pour la nuit, expliqua M. Unancha.

Sophie insista pour qu'on l'attende encore quelques fractions de seconde, parce qu'elle voulait acheter un livre sur les trésors du musée. En marchant vers le bus, Élise hésitait encore à dire à M. Unancha que quelque chose s'était passé

     La rançon d'Atahualpa

pendant sa visite du sous-sol. Elle se disait que ce n'était pas la peine, puisque Dragana avait sans doute joué la fille de l'air, à la première occasion.

Voyant qu'elle s'obstinait à garder le silence, Grégoire la poussa du coude pour l'inciter à parler. Élise lui fit signe que non. Un bref regard suffit au garçon pour lire la crainte au fond des yeux de son amie. Connaissant Blunier, il savait que la menace proférée par sa complice était loin d'être une plaisanterie. Pour le moment, il valait mieux ne pas insister.

* *
*

À l'auberge de jeunesse, Sophie dut patienter pour avoir accès au service d'Internet sans frais, car les ordinateurs étaient toujours occupés par des élèves qui vérifiaient leurs messages. Après avoir fait la queue, elle obtint enfin une place et consulta tout de suite les pages du site d'Interpol. À partir des menus déroulants, elle cliqua sur l'onglet de la criminalité pour ouvrir la fenêtre des malfaiteurs en fuite. Avec ses talents de détective, dans les 38 pages d'Avis rouges, elle trouva d'abord la fiche criminelle d'une Dragana Kroutine, seule de ce prénom, jeune femme de 30 ans, originaire de Moscou, recherchée pour kidnapping d'enfants en bas âge. Parmi les coupables traduits en justice, Sophie identifia le Dr Blunier. Sur sa fiche, sous l'en-tête des accusations, elle put lire : vol d'œuvres d'art commis en bande organisée, tentative de kidnapping, fugitif activement recherché par la Brigade nationale. « C'est plutôt mince comme information, se dit-elle. Puisque nous savons déjà que Blunier et Dragana sont ici, il va falloir être super vigilants, rester aux aguets et être prêts à tout de la part de cet escogriffe. »

CHAPITRE 7

La main dans le sac

De grand matin, dans le quartier de Miraflores, Élise, Grégoire et Sophie quittèrent leur dortoir pour se rendre dans la salle à déjeuner de l'auberge de jeunesse Malka. À l'entrée de la pièce ensoleillée, Mme Simard comptait les têtes pour s'assurer que personne ne manquait à l'appel. Déjà à table, M. Unancha feuilletait le journal en savourant tranquillement son premier café. En levant les yeux pour scruter les somnambules qui entraient l'un derrière l'autre en se traînant les pieds, il vit le trio d'inséparables venir vers lui d'un pas décidé. À l'opposé des autres, ils semblaient prêts à affronter tous les défis présents et à venir.

— Jetez un coup d'œil à la une du journal de ce matin, leur dit le professeur, en leur faisant signe de s'asseoir. Il s'est passé quelque chose de bizarre au Musée de l'or, hier.

Grégoire se glissa sur la banquette à côté de lui. Élise et Sophie prirent place devant eux. Les trois adolescents échangèrent un regard inquiet.

— Toi qui lis bien l'espagnol, tu veux traduire l'article pour tes amies ?

Flatté, Grégoire parcourut l'article pour se familiariser avec le texte. Au bout de quelques secondes, il montra à Sophie et Élise la photo de la dame sous les grands titres, enfouissant un plastron en or dans son sac à main de cuir verni rouge.

« C'est elle ! » voulut s'écrier Élise, en reconnaissant bien Dragana sur le cliché obtenu des caméras de surveillance. Le visage de l'adolescente prit la couleur de l'écume. Sophie lui serra la main sous la table, cherchant à la rassurer.

– Selon l'article, expliqua Grégoire, il paraît qu'on recherche cette femme prise, en flagrant délit, à voler un trésor du patrimoine péruvien. On croit qu'elle aurait déverrouillé une des vitrines pour s'emparer d'un objet en or d'une valeur inestimable. On précise qu'il sera impossible pour elle de le sortir du pays, puisque tous les postes frontaliers sont sur un pied d'alerte. Tous les agents des douanes ont été mobilisés pour intercepter cette personne. On continue en disant que le patrimoine culturel préhispanique et colonial d'Amérique latine, aussi vaste que précieux, court de grands dangers. D'innombrables lieux de fouilles ont déjà été pillés et des objets exportés illicitement ; les sites archéologiques ont subi des dommages irréparables. Il est impératif d'endiguer ce phénomène qui menace de ruiner le patrimoine culturel de l'Amérique latine.

Grégoire fit une pause. M. Unancha le félicita et l'encouragea à continuer sa traduction.

– La liste rouge du Conseil international des musées a été conçue pour identifier les biens culturels en péril qui font fréquemment l'objet de transactions illicites sur le marché des antiquités. Son but est de lancer un appel aux acheteurs potentiels

La rançon d'Atahualpa

et de les aviser de ne pas acquérir ces objets. C'est un instrument utile mis au service des musées, des marchands d'art, des collectionneurs, des fonctionnaires des douanes, de la police, et de tous ceux qui s'efforcent de protéger les trésors les plus précieux de notre pays. Pour le moment, on ignore où se trouve la personne capturée en métrage vidéo, lors du vol au Musée de l'or, tôt en soirée. Les autorités demandent à toute personne ayant des renseignements sur l'identité de cette femme, d'entrer en communication avec elles le plus tôt possible.

Élise resta figée. Toutes sortes d'idées noires lui brouillaient l'esprit. Elle commençait à ressentir un véritable frisson de crainte engendré par les méfaits de Blunier. Cet homme était un mal insidieux, malgré sa bénignité apparente au début, qui allait sournoisement se répandre comme un fléau.

— Monsieur Unancha, croyez-vous qu'ils vont pouvoir l'arrêter ? demanda-t-elle espérant, contre toute attente, ne plus jamais entendre parler de Blunier et de sa complice après leur arrestation.

— À l'heure qu'il est, je crois, comme le dit l'article, qu'elle doit être loin de la ville.

— Et puis, Dragana a sans doute transformé son apparence depuis hier.

— Sophie, tu connais son nom ? demanda le professeur.

— C'est que...

— Autant vous le dire, monsieur Unancha, c'est une histoire plus compliquée qu'un simple vol, avoua Élise. Laissez-moi vous mettre au courant de tout.

Elle lui raconta leur aventure en Allemagne. Comment le D\u02b3 Blunier et ses acolytes avaient mordu la poussière et comment avait été démantelé leur réseau de trafiquants d'œuvres provenant des grands musées d'Europe[1].

— Depuis son incarcération dans un monastère en Allemagne pour avoir volé des objets d'art, on croyait qu'on serait à l'abri de nouvelles machinations de la part de ce fou. Mais voilà que j'ai appris hier de la bouche de sa nouvelle recrue, Dragana, qui m'a coincée dans la chambre de la rançon d'Atahualpa au Musée de l'or, que le docteur Blunier s'est sauvé de sa prison à sécurité minimum. Sophie, Grégoire et moi croyons qu'il est en quête du trésor inca. Sur nos sites MSN, il a appris que nous venions en voyage scolaire au Pérou. Bien qu'il ait changé de tête, je l'ai reconnu à l'aéroport, dès notre arrivée ici. Sans doute au courant de notre itinéraire, il a envoyé cette femme m'avertir de ne pas alerter la police, sinon il s'en prendrait à mes amis. Pour faire d'une pierre deux coups, Dragana a chipé le plastron en or, sûrement pour ce déséquilibré. Il a essayé de me kidnapper en Allemagne, vous savez.

— Mais il a royalement manqué son coup, dit Grégoire, en souriant à ses amies.

— Nous sommes vraiment pris entre l'arbre et l'écorce, conclut M. Unancha.

— Nous ? demanda Grégoire.

— Vous ne croyez tout de même pas que je vais vous laisser aux prises avec un tel dilemme. Il faut trouver moyen d'arrêter cet homme avant qu'il ne soit trop tard. Nous devons attendre de voir quel sera son prochain geste.

— Nous sommes donc dans une impasse, supposa Sophie.

---

1. Voir *Élise et Beethoven*.

— Une situation apparemment difficile, mais pas impossible. Je vais mettre madame Simard au courant des événements imprévus. Avec son approche pondérée des choses et sa nature imperturbable, elle saura nous conseiller sur les dispositions à prendre. Au besoin, par mesure de sécurité et pour assurer le bien-être de tous les participants à ce voyage, nous ajusterons nos plans.

— Moi, dit Élise, je vais entrer en communication avec une amie que nous avons en Allemagne, pour obtenir plus de détails sur l'évasion de Blunier. Elle fera enquête sans alerter la police et nous mettre en danger.

Sophie resta coite.

— Bonne idée, estima M. Unancha. En attendant, nous avons une journée bien chargée. D'abord, la visite du Musée de la nation, ensuite le Musée national d'anthropologie, celui de l'archéologie et de l'histoire du Pérou et enfin le palais du gouvernement, aussi connu comme la Maison de Pizarro. Ça vous changera les idées. Ce soir, pour finir en beauté, nous avons une réservation dans un magnifique restaurant au bord de la mer et nous reviendrons pour la nuit au même gîte.

— Grégoire, tu as entendu, le taquina Sophie. Un musée d'archéologie !

L'adolescent porta ses mains à son cou et fit semblant de s'étouffer, en clignant des yeux à répétition et en simulant des secousses. Il crispa la mâchoire, voulant faire croire qu'il avait cessé de respirer.

— Grégoire ! cria Élise. Qu'est-ce qui t'arrive ?

— Rien, répondit-il, revenant à son état naturel. C'est Sophie qui a prononcé le mot « musée ».

– J'ai dit : Musée d'archéologie, précisa-t-elle.
Ce que tu peux être cave des fois.

Grégoire lui sourit en rougissant.

*　*

*

En route vers le premier musée, la circulation fut complètement bloquée par des curieux rassemblés près d'un site où des travaux de voirie étaient interrompus depuis des semaines. Des ossements vieux de 500 ans y avaient été découverts et des barrières de sécurité avaient été mises en place. Le contour des lieux où jadis avait existé un petit village et les fondations d'une dizaine de maisons étaient toujours visibles. Ces enceintes ressemblaient à des refuges temporaires pour une communauté pastorale, plutôt qu'à un établissement permanent.

Sur le chantier, une forme de carroyage[2] avait remplacé les camions et la machinerie lourde. L'équipe d'archéologues y travaillant utilisait plutôt des outils d'arpentage, des truelles, des pics, de petits balais et des tamis basculant pour se livrer à leurs fouilles. Normalement à quatre voies, l'autoroute avait été réduite à une seule, constituant un goulot d'étranglement pour les automobilistes.

Frustré par ce contretemps, M. Unancha descendit de l'autobus stoppé dans le bouchon. Il voulait s'informer du temps que durerait cet arrêt imprévu. Il emprunta un sentier et se dirigea vers l'une des barrières qui délimitaient la zone des

---

2. Système de quadrillage du terrain de fouilles, mis en place afin de situer les découvertes avec précision.

fouilles. À travers le grillage, il interpella une femme qui semblait être une chef d'équipe.

Quand il remonta dans l'autobus, quelques minutes plus tard, il avait le visage triste, il parlait à voix basse en espagnol avec la guide et semblait bouleversé.

— Grégoire, dit Sophie. Tu sais ce qu'il dit ?

Grégoire s'étira le cou et tendit l'oreille.

— D'après ce que je peux entendre, ... les ouvriers auraient mis au jour... le site d'un massacre ! Les archéologues ont trouvé les restes... de plusieurs hommes... femmes et enfants. D'après les rapports... du pathologiste, les squelettes portaient... des signes d'une mort violente. Le sol sablonneux... de leur dernier lieu de repos, aurait... préservé leurs ossements... pendant des siècles.

— Conservant ainsi toutes les preuves médico-légales, affirma Sophie, complètement fascinée.

— Monsieur Unancha dit que les blessures au mousquet donnent un indice sur l'identité des assassins... et que... des victimes ont été tuées... à coup de hache... d'autres... ont été écartelées ou empalées et le village a été incendié et mis à sac, comme en témoignent les ruines.

— C'est horrible ! dit Élise. On a torturé ces gens, mais pourquoi ?

— Ce sont sans doute les Espagnols qui ont fait ça. Les Incas n'avaient pas de fusils à cette époque. Un village aurait été sans défense.

— Tu as raison, Sophie, mais pourquoi s'attaquer à des innocents ? demanda Élise.

— Peut-être que la guide saura nous le dire. On la questionnera plus tard.

L'autobus se remit en marche, à la vitesse d'un escargot.

CHAPITRE 8

Le Musée de la nation

Après une longue attente dans l'embouteillage, ils arrivèrent enfin devant le Musée de la nation. Le groupe d'étudiants se rua vers la sortie. Luna Mitag, de peine et de misère, rassembla les jeunes dans l'immense hall pour leur parler de la visite. « C'est du cirque, se dit-elle, que de contrôler une bande d'ados. Heureusement que ce n'est pas mon seul gagne-pain. » Elle fit signe au groupe bruyant de se taire et toussota pour attirer leur attention et commencer la visite guidée.

— Dans ce magnifique musée, on trouve des artefacts provenant de fouilles ou du butin récupéré auprès de trafiquants de pièces archéologiques. Beaucoup sont des céramiques d'une grande beauté, dont certaines ont d'étranges têtes. De plus, vous pourrez voir une maquette des mystérieux géoglyphes de Nazca, appréciables seulement du ciel. Vous aurez, à ce qu'on me dit, le bonheur de les voir demain.

— *Cool !* Une chose de moins sur ma liste d'objectifs à réaliser avant de mourir ! s'exclama Grégoire.

Son commentaire déclencha un rire en cascade.

– Aujourd'hui, vous avez de la chance, reprit la guide. Le musée présente une exposition spéciale de la célèbre momie Juanita. La Princesse des glaces est en visite pour quelques semaines. Laissez d'abord vos effets personnels ici et ensuite nous allons monter au premier étage.

D'un même mouvement, tous les élèves s'empressèrent d'aller ranger leur sac à dos au vestiaire. À la queue leu leu, ils suivirent la guide qui les mena devant une véritable cage de verre. Une fois le groupe rassemblé, elle poursuivit ses explications.

– Voyez la *Dama de Ampato*, comme nous l'appelons, une adolescente d'environ 14 ans, a été sacrifiée à l'époque inca, en offrande aux dieux *Apus* des montagnes. Elle fut découverte en 1995, par un chercheur américain et son guide péruvien, à plus de 6 000 mètres d'altitude sur les flancs du volcan Ampato, près du canyon de Colca. Ce sont eux qui lui ont donné le nom de Juanita. L'éruption de son voisin, le mont Sabancaya, a fait fondre une partie des glaciers, la rendant visible.

Notre petite momie est la mieux conservée de toute la planète, puisqu'elle a été surgelée pendant cinq siècles. Son corps a la particularité d'être intact même si elle n'a pas été éviscérée, comme cela se pratiquait normalement pour la momification.

Élise leva la main pour poser une question.

– Pourquoi les Incas faisaient-ils des sacrifices humains ?

– Le sacrifice humain était une offrande faite aux entités ancestrales matérialisées dans les montagnes ou dans les lieux sacrés. Leur but était de conjurer les calamités et d'éloigner les cataclysmes.

— Vous avez dit « des entités ». Voulez-vous dire des fantômes ?

L'adolescente éprouva une sensation bizarre, comme si ses jambes allaient de nouveau fléchir. Elle se glissa entre les membres du groupe pour s'approcher le plus possible de ses amis, au cas où elle flancherait.

— Oui, affirma la guide, selon leurs croyances, il s'agissait bien d'esprits. À l'époque des Incas, ces offrandes humaines visaient également à préserver la santé du souverain et à lui assurer des triomphes militaires.

— Ça n'a pas trop bien fonctionné, affirma Grégoire.

Élise et Sophie lui lancèrent un regard réprobateur.

— Vous avez raison. Avec la chute de l'Empire inca, ce genre de cérémonie a disparu, mais les croyances liées aux ancêtres et au terroir ont subsisté clandestinement jusqu'au 20ᵉ siècle.

Un murmure collectif traversa le groupe. On aurait dit un frisson d'excitation mêlé à la peur.

— Pourquoi sacrifiait-on des adolescents ? demanda Sophie.

— Parce que leurs parents ne pouvaient plus les endurer, offrit Grégoire.

Cette fois, Sophie lui donna un coup d'épaule.

Luna Mitag se mit à rire.

— C'est une des meilleures raisons qu'on m'ait proposées jusqu'à maintenant. Mais en vérité, les enfants ou les jeunes gens étaient sélectionnés pour leur innocence et leur beauté.

— Ouf! dit Grégoire. Dieu merci, ça m'aurait exclu automatiquement.

Cette fois, son commentaire provoqua une hilarité généralisée qui eut pour effet de détendre l'atmosphère.

– Pour les adolescents choisis, continua la guide, on offrait un festin, puis on les anesthésiait avec de grandes quantités de cocaïne ou à l'aide de la chica, une forme d'alcool à base de maïs.

– Et comment est-ce qu'on les… ? demanda une autre élève.

– On les étranglait ou on les frappait jusqu'à la mort.

Il y eut de nouveau un soupir, suivi d'un silence durant lequel on aurait pu entendre une mouche voler. Ne voulant pas rompre ce moment de méditation, Luna marqua une pause, avant de donner d'autres renseignements.

– Les chercheurs savent que les corps avaient été offerts en sacrifice et non exécutés par punition, car des objets familiers et parfois précieux ont été retrouvés à l'endroit de la cérémonie. Dans le cas de la Princesse des glaces, il y avait à ses côtés un éventail de plumes, un petit sac rempli de feuilles de coca, des vases à chicha, des lamas en argent et des figurines en argile et en or ou fabriquées de tissu, comme des poupées.

La guide s'attendait à mille questions. Mais les adolescents semblèrent plutôt se recueillir comme une communauté endeuillée. Sans vouloir les bousculer, avec une courtoisie factice, Luna leur indiqua que cette partie de la présentation était terminée et qu'ils pouvaient faire la visite libre du musée. Les étudiants et leurs professeurs se divisèrent en petits groupes pour se rendre dans les autres salles d'expositions.

Élise, le nez presque collé à la vitrine, n'avait pas entendu un mot des nouvelles directives et se retrouva toute seule dans cette partie du musée. Elle était entièrement captivée par le reflet d'une fille de son âge, vêtue d'un magnifique costume de son pays, tenant à la main un éventail de plumes et de l'autre, une figurine en or.

CHAPITRE 9

Mirage ou manifestation

Attirée par ce qu'elle croyait être le miroitement d'un ancien tableau sur la paroi de verre, Élise se dit, en tentant de se rassurer : « C'est sans doute une illusion créée par le jeu de lumière. Dans cette clarté incertaine, mes yeux me jouent des tours. Tiens, j'y suis, c'est un hologramme, puisque l'image bouge. »

Les cheveux d'ébène de l'apparition étaient tressés en une seule natte terminée par un gros nœud en rubans, reposant sur son épaule. Sa peau unie et veloutée, d'une teinte chaude, semblait pleine de vie. Elle était coiffée d'un chapeau-galette, rond et concave, orné d'une large bande brodée de figurines géométriques de toutes les couleurs. Au creux de ce chapeau, on avait déposé quelques jolies fleurs jaunes.

Son costume traditionnel était luxueux et élégant, avec ses agencements de rouge, de jaune, de vert et de blanc. Une large bande brodée décorait le bas de son ample jupe noire à jupons multiples. En plus d'une chemise immaculée, elle portait une courte veste noire, sans bouton, entièrement brodée de motifs floraux sur le devant et au bas des manches. Pour compléter la tenue, un châle à fond rouge, aux dessins multicolores représentant des fleurs ainsi que le soleil et des étoiles, entourait ses épaules. Il était attaché à l'avant par une épingle en or. Aux pieds, elle portait de longs bas de soie fine et des souliers de satin brodé.

Élise resta figée quand l'image bougea de nouveau. L'idée de voir se profiler un fantôme lui hérissa la peau en une chair de poule due non à la crainte, mais au ravissement. Elle n'avait pas perdu le don qui lui avait permis de connaître Beethoven. Elle se tourna pour mieux voir la manifestation, mais là où elle avait cru voir la momie bien vivante, se tenait maintenant un homme élégamment vêtu, qu'elle reconnut tout de suite.

— Docteur Velásquez, je ne m'attendais pas à vous trouver ici.

— Bonjour, Élise, c'est dans ce magnifique musée que je travaille depuis déjà quelques années.

— Je dois vous dire que vos téléconférences, deux matins par semaine, en préparation pour notre voyage nous ont beaucoup appris.

— Tu sais, monsieur Unancha et moi sommes des amis depuis toujours, nous avons fait nos études ensemble à l'Université de Lima. Lui préférait l'histoire, tandis que j'avais plutôt la bosse de l'archéologie. Je suis maintenant le directeur de ce musée. Ton professeur m'a téléphoné hier, pour me demander de vous surveiller discrètement pendant votre visite du musée et de veiller à votre sécurité.

Élise resta bouche bée avant de dire :

— J'ai déjà eu un avertissement sous forme de face-à-face ou disons d'entretien assez troublant avec la femme qui a volé...

– ... le plastron cérémonial d'Atahualpa, termina l'archéologue. C'est de très mauvais augure.

Élise voulut lui demander pourquoi, mais elle n'en eut pas le temps. Sophie et Grégoire, tous les deux à bout de souffle, venaient d'arriver en trombe.

– On s'inquiétait de ton absence.

– C'est gentil, Grégoire, mais je me suis attardée. J'ai cru voir... Ce n'est pas... important. Les amis, vous connaissez... ?

– Certainement, dit Sophie, vos cours en ligne ont nourri nos discussions et nos plans de voyage.

– En plus d'être archéologue, il est directeur du musée, expliqua Élise.

– Super *cool*! s'exclama Grégoire, ce qui amusa le Dr Velásquez.

– En attendant que le reste du groupe finisse sa visite, j'aimerais vous montrer quelque chose.

Les trois ados échangèrent un regard complice et firent signe que cette proposition les intéressait au plus haut point. D'un signe de la main, le directeur les invita à passer derrière une tapisserie colorée représentant une scène de village andin.

Le petit groupe s'engouffra dans un passage secret et progressa le long d'un labyrinthe de corridors interminables. Tout au bout d'un dernier couloir, ils entrèrent dans une rotonde. Au centre de la pièce, un ancien manuscrit trônait sur une table vétuste, sous un couvercle vitré.

– Ce document du 16ᵉ siècle, dit leur guide, est le testament du général Rumiñahui.

– Ce mystérieux manuscrit n'est donc pas une légende, affirma Élise.

– Tu es au courant de son existence ? demanda l'archéologue.

– Oui, monsieur Unancha nous en a parlé. Il nous a raconté l'histoire d'Atahualpa et la trahison de Pizarro.

– Alors, tu comprends que les Espagnols, ces aventuriers incultes et sanguinaires, étaient prêts à tout pour satisfaire leur soif d'or. Au lieu de mettre bas les lances un an après la mort d'Atahualpa, le féroce Sebastian Banalcàzar, voulant s'emparer de la rançon dont il aurait eu vent, décida de lancer une offensive contre la ville de Quito. À son arrivée, lui et ses soldats ne trouvèrent que des cendres. Rumiñahui avait tout fait brûler avant de recueillir l'or, l'argent et les pierres précieuses, pour les mettre en lieu sûr. Banalcàzar, furieux, poursuivit son rival à travers les montagnes et le fit prisonnier. Une fois en captivité, Rumiñahui fut torturé. Quelques mois plus tard, il mourut sans jamais avouer où il avait caché le trésor.

– Et ce document renfermerait le secret ?

– C'est exact, Sophie, mais il reste incompréhensible pour le commun des mortels. De plus, selon les croyances, il en existe plusieurs versions.

– Plusieurs versions ? répéta Grégoire.

– Voyez-vous, anciennement, nos traditions étaient orales. Les prêtres et nos amis, en entendant nos récits, forgeaient de nouveaux documents basés sur les confessions entendues. Tandis que les Espagnols avaient eux aussi leurs chroniques et leurs légendes.

« En fait, les Quechuas étaient les véritables gardiens du secret, car ils avaient aidé Rumiñahui à cacher le reste de la rançon, après avoir fui Quito. Eux comme lui ont été torturés et mis à mort, sans jamais dévoiler la chambre rectangulaire au cœur de la ville secrète. Comme punition, ce peuple a vu son mode de vie et son habitat se réduire comme peau de chagrin. Pour se venger de l'avarice des Espagnols et pour décourager les chercheurs d'or, les chamans de ce peuple, au cours de cérémonies secrètes, ont fait appel à des puissances surnaturelles pour que chacun de ces documents soit insufflé d'une aura maléfique. »

– Donc, ils leur auraient jeté un sort ? demanda Grégoire.

– Toutes sortes d'événements inexplicables ont indéniablement eu lieu, mais seul le testament de Rumiñahui est imbibé de spores microscopiques qui déclenchent une forme de lèpre, si on le touche à mains nues. Ceux qui étaient à la recherche du trésor ont eu d'autres malheurs quand ils ont voulu se servir des récits des autres documents anciens.

– Je vous l'avais dit, insista Grégoire. « Un mal mystérieux frappera ceux qui oseront violer la sépulture du roi inca. »

– C'est pire qu'un mal mystérieux, précisa le Dr Velásquez. Les dizaines de chasseurs de trésors venus du monde entier, qui ont essayé de résoudre le mystère de la tombe et du trésor d'Atahualpa, ont payé de leur vie leur malencontreuse aventure. Même aujourd'hui, toute personne intéressée à mettre la main sur le trésor risque le tout pour le tout pour sa convoitise.

– Que voulez-vous dire ? demanda Élise.

– Longtemps après la prise de Quito, Juan de Valverde, un déserteur de l'armée espagnole, a épousé la fille d'un chef de la tribu. Au début, tous les villageois se méfiaient de lui. Mais, avec le temps, on lui a fait confiance et son beau-père lui aurait révélé l'existence du trésor. Les Espagnols, mis au parfum par des rumeurs, montèrent des expéditions mettant Valverde en danger. Pour le protéger, la famille de sa femme lui aurait donné une partie du butin pour qu'il puisse regagner l'Espagne avec elle. Mais là-bas, ses richesses ne tardèrent pas à faire des jaloux. Au bout de quelque temps, les échos en sont parvenus aux oreilles du roi. Valverde fut convoqué par Charles Quint.

« L'ancien soldat lui aurait raconté tout ce qu'il savait dans un compte rendu, une sorte d'itinéraire appelé Derrotero de Valverde. Le roi, à son tour, fit envoyer un moine, son conseiller le plus fidèle, pour scruter le terrain et les possibilités de trouver le trésor caché. Au cours de cette expédition, le religieux envoya une missive au roi, disant qu'il avait trouvé l'or. Mais, il disparut mystérieusement sur le chemin du retour, au bas des montagnes. »

– On n'a retrouvé aucune trace de lui ? questionna Grégoire.

– Pas même une poussière d'or.

– Vous avez dit, les autres. Qui sont-ils ? demanda Sophie.

– Un siècle après la disparition du moine, un mineur nommé Atanasio Guzman, exploiteur de minerais dans les montagnes Llanganates, a découvert à son tour quelque chose et a dessiné une carte pour conduire au trésor. Avant de pouvoir se targuer d'avoir trouvé la rançon d'Atahualpa, il a disparu comme le moine, sans laisser de traces.

« Bien des années plus tard, en 1864, Richard Spruce est venu en expédition pour étudier les orchidées et les orties près du cône volcanique d'Ampato. Il cherchait en plus une cure efficace contre le paludisme. Le botaniste anglais a obtenu d'une famille locale une copie du manuscrit. Bien que Spruce ait découvert l'arbre duquel la quinine

  La rançon d'Atahualpa

pouvait être extraite pour soigner la malaria, il subit presque le même sort que ceux venus avant lui.

« Vers la fin de son expédition, il devint sourd d'une oreille, presque complètement paralysé et il fut atteint d'une grave maladie pulmonaire. Il réussit à rentrer au pays avec tous ses documents, mais il mourut avant de pouvoir soumettre tous ses travaux à la Société géographique royale de Londres, qui l'avait envoyé faire ses recherches. »

– Dans ses documents, il y avait la copie d'un manuscrit, mais lequel ? demanda Élise.

– Celui de Valverde. Le botaniste l'avait rapporté dans ses notes de voyage. Plus tard, deux marins anglais, le Capitaine Barth Blake et le lieutenant Georges Edwin Chapman, ont tenté de suivre la même piste et trouvé une caverne remplie d'or, nichée dans les calcaires du mont Hermoso. Ils croyaient avoir enfin résolu l'énigme du trésor. Blake dessina des cartes de la région et dans une lettre envoyée à la maison, il le décrivit en détail. Selon lui, il y avait des milliers de pièces en or et en argent datant des périodes artisanales incas et préincas. C'est la plus belle orfèvrerie qu'on puisse imaginer. Il y a des figurines d'humains, grandeur nature, des oiseaux et d'autres animaux, des fleurs et des épis de maïs... le plus incroyable sont les quantités de bijoux... de vases en or remplis d'émeraudes et de pierres précieuses.

« Il a affirmé qu'il ne pouvait transporter le trésor seul, qu'il faudrait des milliers d'hommes pour l'aider. Blake et Chapman sont repartis avec ce que chacun pouvait transporter. Malheureusement, ils se sont perdus sur le chemin du retour. Chapman est mort de pneumonie. Blake enterra son compagnon et cacha sa part du butin, avant de rejoindre par miracle le village de Pillaro.

« Sur le bateau en route vers New York, le lieutenant espérait recueillir des fonds pour aller récupérer sa cache. Son rêve ne s'est jamais matérialisé. Dans des circonstances mystérieuses, il est passé par-dessus bord, emportant avec lui une partie de l'or qu'il avait l'intention de vendre. Certains ont rapporté que ce n'était pas un accident malheureux, mais qu'il avait été délibérément poussé. »

— Et si c'était moi qui devais trouver le trésor, est-ce que ma vie serait en péril ? demanda Élise un peu craintive.

— Il y a des risques, mais c'est le docteur Blunier, comme me l'a expliqué monsieur Unancha, qui doit craindre pour la sienne. Comme les conquistadors, il cherche à s'enrichir par des moyens détournés. C'est lui qui court à sa perte.

— Cet homme est un fou !

— Oui, je sais, Élise. Mais en plus d'être fou, il est dangereux.

— Pour être franche, je n'ai pas la moindre idée de la façon dont on s'y prend pour repérer un trésor.

— Selon nos légendes, trois choses existent pour protéger ceux ou celles voués à cette mission sacrée. Trois signes indubitables les mèneront au bon endroit et serviront à éloigner tout malheur. Le premier sera le chant d'un coq, le deuxième la douce musique d'une flûte en or et le troisième un miraculeux antidote contre un poison mortel.

Élise eut un rire nerveux.

— Seulement trois choses. Où pouvons-nous nous procurer ces articles ?

　　　　　　　　　　La rançon d'Atahualpa

– Ils se manifesteront au besoin. Allons! Suivez-moi. Il est temps d'aller retrouver votre groupe. Je ne voudrais pas qu'on s'inquiète de votre absence.

CHAPITRE 10

Les murs ont des oreilles

Guidés par le Dr Velásquez, les trois adolescents parcoururent le labyrinthe des corridors en sens inverse. Par magie, le mur fondit devant eux comme fleurs de givre en cours de dégel. Élise poussa la tapisserie et se retrouva nez à nez avec Luna Mitag. Le Dr Velásquez ne les avait pas suivis.

— Mais d'où sortez-vous ? implora la guide. Voilà que vous avez des talents de passe-muraille ?

— Nous avons dû prendre un mauvais virage, s'excusa Élise pour dissimuler sa gêne. C'est tout. On devrait aller rejoindre les autres.

Et au pas de course les trois jeunes dévalèrent les escaliers.

Luna s'enfouit la tête sous la tapisserie, se plaqua le nez contre la paroi solide et tâta le mur pour trouver une porte secrète. À bout de patience, grommelant, la tête ébouriffée, elle abandonna son examen minutieux des lieux et s'empressa de suivre les trois adolescents.

— Ouf ! On l'a échappé belle ! s'exclama Grégoire.

— Heureusement que vous êtes venus me retrouver. Avec ce qu'on vient d'apprendre, on pourra mieux se défendre contre Blunier et sa bande de malfaiteurs.

– On s'inquiétait de ton absence, alors c'est pourquoi on est revenus. Moi, je me faisais du mauvais sang à cause des menaces de cette Dragana Kroutine, dit Sophie.

– Et moi, j'avais plutôt la rate au court-bouillon[3], déclara Grégoire.

Élise regarda ses amis avec douceur. Le fait qu'ils se soucient de sa sécurité la touchait.

– Au fait, Sophie, puisque tu as découvert son nom de famille, ça veut dire que tu as vu son dossier sur le site d'Interpol, n'est-ce pas ?

– On ne peut rien te cacher. Ce n'est pas rose les informations que j'ai trouvées. Cette femme est recherchée pour détention illégale et prise d'otage.

– Ce qui veut dire kidnapping, précisa Grégoire.

– Une des photos d'elle sur le site m'a particulièrement déroutée. On la voit à genoux à côté d'un petit garçon dans une poussette. Et je mettrais ma main au feu que cet enfant n'est pas le sien. De plus, elle n'est pas rousse du tout, mais très blonde. Cette femme est comme une galerie de miroirs déformants, dans laquelle rien ne conserve sa véritable apparence.

Ces révélations provoquèrent des sueurs froides chez Élise. Un frisson de panique lui courut dans le dos.

– Elle kidnappe des enfants ! s'écria-t-elle, effarée.

– Il ne faut surtout pas qu'elle mette la main sur le manuscrit.

---

3. Je me faisais du mauvais sang.

– Quel manuscrit? demanda la guide, venue les inviter à rejoindre le groupe qui les attendait dans le hall d'entrée.

Élise, perplexe, resta muette. Au bout d'un moment, elle balbutia.

– Je parlais… de notre récit… On doit raconter la vie de la Princesse des glaces, pour monsieur Unancha.

– Oui, c'est bien ça, reprit Grégoire. Un récit avec plein de péripéties.

Élise prit ses amis par la main et les entraîna vers la sortie.

Grégoire ouvrit la bouche pour faire d'autres commentaires, mais Sophie lui donna un coup de pied à la cheville pour l'en dissuader.

*   *

*

À bord de l'autobus, les amis s'installèrent dans leur siège habituel. Luna s'approcha dans la rangée, faisant semblant de prendre les présences avant que le véhicule ne démarre. Elle tendit l'oreille pour mieux entendre la conversation des adolescents.

– Alors, demanda Sophie la première. Que va-t-il se passer?

– Nous connaissons mieux les détails de l'histoire d'Atahualpa, pas vrai?

Sophie et Grégoire firent signe que oui.

– Quelle chance on a eue de voir le véritable testament du général Rumiñahui! dit Sophie.

– Celui qui a caché la rançon qu'il devrait livrer pour sauver le prince kidnappé? vérifia Grégoire.

– Celui-là, en effet, confirma Élise.

– Donc à trois, on devrait par déduction réussir à déterminer où se trouve l'or, affirma Sophie, un peu sceptique.

– Je ne suis pas plus éclairée, déplora son amie.

– Bon, tu deviens enfin réaliste. Tu ne vas tout de même pas te mettre en quête d'un trésor indécouvrable, insaisissable, pour ne pas dire énigmatique ?

– Je n'ai pas le choix, Grégoire !

– O.K. … O.K. pas besoin de m'arracher la tête.

– Je m'excuse. Mais, vous savez autant que moi qu'il ne doit pas tomber entre les mains de vous savez qui. Et maintenant qu'on a vu le document qui renferme le secret du trésor, on ne peut plus reculer. Il faut me faire confiance. Je dois trouver les trois choses qui me mettront sur la bonne piste. Il ne faut surtout pas se faire d'illusions. Une vraie menace nous guette et nous pourrions nous fourrer dans un énorme guêpier. Le danger est réel et nous ne pourrons pas nous en tirer sans quelques taloches et éraflures.

– On ne devrait pas être en danger comme les chercheurs d'or puisqu'on cherche plutôt à protéger le trésor, affirma Sophie.

– Je suis d'accord, mais tu as entendu le docteur Velásquez le dire, tous ceux qui ont tenté de s'emparer du trésor sont morts de façon mystérieuse. Nous courrons quand même un risque si on doit affronter tu sais qui ?

– Je… vous… avais… prévenues !

– Ah ! Grégoire, toi et tes histoires de Tintin, rétorqua Élise, exaspérée.

– Ne paniquons pas, les pria Sophie. Abordons la situation de façon logique. Je suggère qu'on en profite, ce soir, pour mettre monsieur Unancha et madame Simard au courant des nouveaux faits. Nous allons passer une belle soirée au bord de la mer. Demain à tête reposée, ils pourront nous conseiller sur ce qu'on doit faire.

— Merci, Sophie. Je savais que je pouvais compter sur toi.

Grégoire resta silencieux tandis que la guide se faufilait entre les sièges pour reprendre le microphone afin de donner de nouvelles directives au groupe.

— Alors, les amis, votre prochaine visite au Musée national d'anthropologie, d'archéologie et d'histoire vous offrira une synthèse de la fabuleuse histoire du Pérou. Les salles sont distribuées autour d'un joli patio présentant les civilisations qui ont peuplé notre pays jusqu'à la période coloniale et républicaine, en passant par la création de la capitale.

Luna ferma le micro, puis l'ouvrit de nouveau.

— Ah, avant que j'oublie… Demain, un autre guide vous accompagnera vers les géoglyphes de Nazca. Je vous souhaite de faire bonne route, puisque je dois vous quitter ici.

Luna descendit au plus vite du véhicule. Sur le trottoir, comme le bus quittait la zone de stationnement, elle envoya la main à tous les passagers. Pourtant, ses yeux brillaient de malice et la ride de l'hypocrisie s'était dessinée au coin de sa bouche.

Jour 3

Le désert de Huacachina

CHAPITRE 11

Surf sur des dunes géantes

Le trio avait passé deux bonnes heures avant le couvre-feu à discuter de la situation. Sophie, la criminaliste, Grégoire, l'archéologue en herbe, et Élise, une néophyte en matière de parapsychologie, avaient décidé qu'une aventure palpitante les attendait. Ils avaient hâte de connaître la suite des événements. La veille, pendant le dîner, ils avaient mis M. Unancha et Mme Simard au courant de leur visite de la rotonde avec le Dr Velásquez.

Bien que fatigués, les trois amis avaient la mine plutôt joyeuse au petit déjeuner.

— Compte tenu de la situation, deux choses peuvent se produire, suggéra Grégoire : soit nous allons arriver à protéger le trésor, soit nous nous embarquons de nouveau dans une galère avec ce « bougre d'extrait de crétin des Alpes ».

— Tu veux dire Blunier ? demanda Élise, pour le taquiner.

— Qui d'autre, ainsi que sa « bayadère de carnaval », renchérit Sophie.

— Tu veux dire Dragana ? demanda à son tour Grégoire, d'un ton moqueur.

Les trois adolescents s'esclaffèrent.

– Une ne va pas sans l'autre, ajouta Élise, dont le rire masquait l'envie d'en finir une fois pour toutes avec Blunier et ses acolytes, quels qu'ils soient.

* *
*

Le petit déjeuner avalé, les sacs d'expédition rangés dans la soute à bagages, tous les jeunes montèrent à bord de l'autobus comme des noctambules. M. Unancha leur adressa la parole même s'il doutait de leur capacité d'assimiler l'information si tôt dans la journée. Après avoir donné quelques explications sur le trajet et leur nouvelle destination, il s'empressa de présenter le nouveau guide.

– Diego Alliyma étudie en histoire et en archéologie à l'Université de Lima. Son nom de famille quechua veut dire : bonne personne. Il sera avec nous pour le reste du voyage et il est impatient de vous faire découvrir les plus beaux secrets de notre pays.

Avant même que l'autobus ne prenne la direction sud vers Nazca, Grégoire baignait dans *Le monde de Tintin*, un livre pour collectionneurs. Depuis longtemps épuisé, ce volume faisait l'objet d'une recherche inlassable et vaine des amateurs. En vrai passionné, il avait déniché ce trésor dans un magasin de livres rares de son quartier.

Hergé l'invitait à parcourir l'univers fascinant du globe-trotteur belge, qui avait abandonné son confort douillet pour devenir redresseur de torts. Pénétrant dans un monde peuplé de personnages aux proportions exagérées, où la cloison cessait d'être étanche entre le naturel et le supranaturel, Grégoire suivait le jeune reporter sur les chemins de l'imaginaire, où le rêve et la vie se confondent : en Chine avec Malraux au temps des Conquérants dans *Tintin et le Lotus bleu*, avec Hemingway en train d'écrire *Les Vertes collines* d'Afrique dans *Tintin au Congo*, et aux États-Unis avec Simenon et son Maigret chez le coroner, dans *Tintin en Amérique*.

De son côté, Sophie s'était plongée dans une aventure de Sherlock Holmes, tandis qu'Élise s'était tout de suite endormie, bercée par le ronronnement du moteur. Lorsque le bruit cessa, l'adolescente se réveilla en sursaut. L'œil à peine ouvert, elle colla son nez à la fenêtre de l'autobus.

— Que se passe-t-il ? Où sommes-nous ?

Grégoire émergea de sa lecture et ne put contenir sa joie :

— Au milieu du Sahara pour faire du surf sur le sable !

En effet, à mi-chemin de leur destination, le chauffeur avait fait une halte à l'oasis de Huacachina entourée de hautes dunes. Situé aux portes de la ville d'Ica, l'endroit se trouvait sur la rive d'un lac bordé de palmiers.

Mme Simard prit tout de suite le micro :

— Les élèves qui veulent dévaler les pentes sur une planche, suivez monsieur Unancha. Ceux qui ne s'intéressent pas à ce sport, suivez-moi, nous allons nous reposer et prendre le thé au cœur de l'oasis.

Tout le monde se précipita pour voler sur les pas de M. Unancha.

— Pas besoin de vous bousculer, dit le professeur d'histoire, il y a assez de planches pour tout le monde. Les propriétaires des magasins vont vous louer celle qui conviendra le mieux à votre taille et Diego sera là pour vous donner un coup de main.

— Je ne sais pas comment faire, dit Élise, un peu craintive.

— Tu as déjà fait de la planche à neige ?

— Oui Grégoire, mais sur du sable, ce ne sera pas pareil.

— C'est la même chose, sauf que tes pieds nus seront fixés sur une surface de bois cirée. Le principe est à peu près le même. Tu équilibres ton corps avec des mouvements souples, le poids vers l'avant. Tu ondules du bassin, comme ça, dit-il en faisant une démonstration. Voilà les éléments clés pour dévaler sans ennui les pentes sablonneuses.

— Et si je tombe ?

— Les chutes seront aussi fréquentes qu'en initiation au surf des neiges, mais elles seront moins douloureuses.

— Un conseil, dit M. Unancha, choisissez une dune assez élevée pour commencer, mais de préférence moyennement escarpée.

— Est-ce qu'il y a un remonte-pente ? demanda une adolescente rondelette aux cheveux colorés en bleu.

— Non, Gabrielle, répondit le professeur en souriant. À ce que je sache, il n'existe aucune remontée mécanique dans le désert ! Autant faire durer le plaisir de la descente, avant d'avoir à gravir à pied la montagne de sable brûlant.

Quelques minutes plus tard, planche sous le bras, tout le groupe suivait M. Unancha à la queue leu leu. Du haut de la première pente escaladée, les dunes blondes s'étendaient à perte de vue. Le dépaysement était total, puisque le paysage rocailleux et verdoyant vu de la fenêtre de l'autobus avait complètement disparu.

Au bout d'une vingtaine de minutes, Élise avait conquis sa peur et dévalait les dunes à toute vitesse. Sophie la suivait de près, tandis que Grégoire s'amusait à tomber de sa planche, en faisant des culbutes pour dégringoler les pentes de sable chaud. Des cris de joie s'élevaient de toutes parts, de la face des collines jusqu'au creux des vallons.

Grégoire s'immobilisa auprès de ses amies et se leva d'un bond en riant de bon cœur.

— Tu ressembles au marchand de sable, dit Sophie, en se moquant de lui.

Le garçon se secoua comme un gros chien, pour déloger le sable qui le couvrait de la tête aux pieds, aspergeant tout le monde du même coup.

— Arrête, protesta Élise, tu m'aveugles.

Les deux filles s'élancèrent pour l'attraper par l'encolure de son t-shirt, cherchant à le faire tomber pour lui poncer le visage. Grégoire se dégagea et prit ses jambes à son cou vers le sommet en lançant :

— La dernière arrivée est une poule mouillée.

En haut de la dune, il stoppa net et son sourire se figea.

— Nous avons de la visite ! cria-t-il.

Sophie scruta l'horizon.

— Là, dit Élise en pointant du doigt.

Sur la crête de la butte, trois silhouettes de motos-dunes se dessinaient à contre-jour, chacune avec deux occupants à bord.

— Qu'est-ce que tu crois qu'ils veulent ? s'inquiéta Élise.

— Ne paniquons pas, dit Sophie. Ce sont peut-être des gens du coin qui s'amusent comme nous.

Tout à coup, le vrombissement des trois véhicules plongeant à toute vitesse dans leur direction fracassa ses espoirs.

— Mais, c'est Dragana ! s'écria Élise, en reconnaissant la femme au volant d'un des bolides, même si elle portait un casque d'aviateur fuchsia et d'anciennes lunettes de moto aux lentilles jaunes.

— Qu'est-ce qu'on fait ? demanda Sophie en se mordant la lèvre.

— Couchons-nous à plat sur nos planches et descendons ! Il faut essayer de les semer et de rejoindre les autres, lança Grégoire.

Tous trois s'aplatirent comme sur un *bodyboard*, mais ils n'avaient pas assez d'élan pour échapper aux buggys qui gagnaient du terrain. En l'espace de quelques secondes, deux des trois véhicules bloquèrent le chemin de Sophie et de Grégoire. Dans leur panique, les adolescents entrèrent en collision, pulvérisant le devant de leur planche en résine thermoplastique. Ils furent propulsés dans les airs. Par chance, le sable amortit leur chute. Grégoire crachotait du sablon et des gravillons, tandis que Sophie les yeux fermés, à quatre pattes, cherchait ses lunettes. Les deux motos-dunes tournaient autour d'eux comme une meute de loups affamés.

Au bout d'un moment, ils s'arrêtèrent et l'un des chauffards avec son accent russe leur donna ses ordres :

— Il ne se passera rien si vous suivez nos instructions. Vous ne bougez pas d'un poil, jusqu'à ce qu'on vous libère. Vous avez compris ?

— Parfaitement clair ! affirma Grégoire, furieux.

Le troisième véhicule ennemi avait acculé Élise contre une falaise, cherchant à l'isoler des deux autres.

– Eh ben, dis donc, soupira la jeune fille en voyant les deux occupantes. Je comprends tout maintenant.

– Depuis que cet Allemand un peu étrange, se disant grand chasseur de trésor, m'a engagée, j'avais des préoccupations beaucoup plus sérieuses. L'aspect le plus vexant de mon nouvel emploi était d'avoir à surveiller constamment ce rigolo appelé Grégoire ainsi que toi et ton amie, toujours en train de mijoter quelque chose. À vrai dire, vous me donniez la migraine. C'était frustrant, mais le miroitement de richesses inouïes rendait tolérable cette situation agaçante. À mon grand soulagement, mon travail de guide touristique vient de prendre fin.

Luna se mit à ricaner se réjouissant de sa malveillance.

– Allez monte ! ordonna Dragana, une arme à la main. Nous avons assez perdu de temps.

– Ai-je le choix ? répliqua Élise.

Elle s'installa sur la banquette arrière en se disant : « Que je suis bête de ne pas avoir deviné leur jeu. Pourquoi n'ai-je pas fait le rapprochement ? »

* *

*

Dragana passa le fusil à Luna Mitag et embraya. Une étendue infinie de sable s'ouvrit devant elles. Le véhicule cahota de l'avant et à chaque sursaut, Élise eut un sentiment de naufrage. Dragana était le pire chauffeur au monde. Sa conduite saccadée rendait le trajet pénible. Sur la banquette arrière, Élise bondissait dans tous les sens en claquant des dents. Il fallut qu'elle se cramponne à l'arceau de sécurité, au-dessus de sa tête, pour ne pas être projetée hors du cabriolet.

Dans sa course folle vers le sommet de la dune, le bolide faisait un vacarme effrayant. Complètement désorientée, Élise ne voyait que du sable à perte de vue. Tous les muscles de son corps étaient endoloris par les secousses incessantes. Il lui semblait qu'à tout moment, ses os allaient se désagréger. Au milieu de nulle part et sans avertissement, le buggy s'immobilisa dans un crissement de freins en soulevant un panache d'erg.

La rousse maintenant blonde se tourna et fixa Élise de ses yeux brillants d'excitation. Les cheveux ébouriffés et poussiéreux comme les poils d'un animal entre deux toilettages, elle avait l'air d'un rat du désert. Dragana remonta ses lunettes ambrées sur son front. Son visage était sale comme celui d'un enfant en guerre avec sa débarbouillette. Au bout de son index, elle fit virevolter les clés de la moto-dune. À chaque rotation, les clés tintaient et miroitaient au soleil.

— N'est-ce pas énergisant et grisant, je dirais même exaltant, ce sentiment de liberté ? Il n'y a rien de semblable pour requinquer quelqu'un !

Élise la regarda, incrédule.

— Avez-vous l'intention de me kidnapper ?

— Tout dépendra de ta coopération et des informations que tu auras la gentillesse de nous livrer.

— Quelles informations ?

— Ne fais pas l'idiote ! Si tu veux revoir tes petits amis, je te suggère de nous mettre au courant de tout ce que tu sais.

Élise avait la bouche sèche. Au bord des larmes, elle faisait tous les efforts pour empêcher qu'un

sanglot ne s'échappe de sa gorge. Elle se reprit juste
à temps.

– C'est Luna, cette soi-disant guide, qui nous
a espionnés ? reprocha-t-elle d'un ton accusateur,
en se redressant sur son siège.

– Je t'avais avertie qu'il fallait suivre mes instructions à la lettre, lança Dragana. Tu vois, je
crois... plutôt... nous croyons, se corrigea-t-elle,
que tu as découvert... une entrée secrète dans le
Musée de la nation, puisque toi et tes amis avez vu
le testament du général Rumiñahui. Il est temps
que tu saisisses l'ampleur de ce à quoi tu vas te
heurter, si tu nous tiens tête. Nous avons beaucoup
plus de ressources que toi. Ne trouves-tu pas qu'il
serait mieux, à tous égards, de coopérer ? De plus,
nous connaissons l'horaire de vos déplacements,
alors rien de plus facile que de mettre la main au
collet de tes petits amis, Sophie et Grégoire, là où
ils s'y attendront le moins.

Les deux femmes échangèrent un regard complice et un sourire cruel se dessina sur leurs lèvres.

– Je n'ai pas lu le testament, il était sous verre
et puis...

Élise s'en voulut d'avoir admis l'existence du
document. Elle devait maintenant se servir de ses
connaissances comme d'un atout puissant pour se
sortir de ce pétrin.

– Ah ! Alors tu avoues l'avoir vu !

– Et si je vous conduis au trésor, qu'allez-vous
faire pour moi ?

– Disons que nous allons mettre à ta disposi-
tion tout ce dont tu auras besoin. Mais il ne faudra
pas essayer de nous déjouer. Si tu partages avec
nous le secret que tu as découvert, nous serons
tous gagnants.

— En toute honnêteté, je ne sais pas grand-chose, précisa Élise.

— Allons, assez discuté. Dis-nous ce que tu sais.

— Pas avant que vous m'accordiez une garantie.

— Laquelle ? demanda Dragana, qui s'impatientait.

— Mes amis…

— Oui, oui, ils seront en sécurité. C'est promis. Allez ! Crache le morceau !

À voix basse, Élise lui livra le premier indice.

— D'abord, je dois trouver une flûte en or…

Le bruit d'une moto-dune fendit l'air et elle n'eut pas le temps d'en dire plus. Au volant d'un bolide, Mme Simard filait droit sur le véhicule arrêté. Luna en échappa son fusil dans le sable. Dragana se débattit avec le trousseau de clés en voulant mettre le contact. Dans son énervement, elle les laissa tomber à ses pieds et s'assomma sur le volant en se penchant pour les récupérer.

Élise cacha le soleil de sa main et n'en crut pas ses yeux. L'enseignante était bien venue à sa rescousse, accompagnée de Diego. En pilote avertie, elle manœuvra sa moto devant celle des ravisseuses et, au deuxième tour, Diego signala à l'adolescente de venir sur la banquette arrière. Élise bondit pour se mettre debout, mais du siège avant, Luna essaya de l'attraper par les chevilles pour la désarçonner. La guide manqua son coup et reçut un coup de pied en pleine mâchoire. Elle tomba à la renverse dans le sable.

— Saute ! lui cria Diego.

Accrochée à l'arceau de sécurité, Élise se donna un élan pour se catapulter à pieds joints dans le véhicule immobilisé le temps de la rescaper.

En s'élançant, Élise manqua de justesse le pare-
brise et la tête de Dragana qui venait de reprendre
ses esprits.

CHAPITRE 12

La route du chaos

Mme Simard mit la pédale à fond. Bientôt, Élise eut l'impression de filer à travers le désert comme la queue d'une comète. À cette allure, la vue des dunes était spectaculaire. Le sable pris en charge par le vent avait dessiné par saltation des cimes en demi-lune et en coupole. D'autres formes dunaires étoilées, à flancs tantôt ridés, tantôt lisses, formaient une mosaïque escarpée dont les tons passaient de l'ivoire au café crème.

Au bout de cette course folle, ils s'arrêtèrent sur une haute dune d'où la vue, presque à vol d'oiseau, leur permit de repérer les assaillants en fuite d'un côté et les élèves de l'autre. Inexplicablement, Dragana avait ses propres complices à ses trousses et tirait ses chausses. Au bord de l'oasis, M. Unancha et les autres élèves agitaient les bras, heureux de revoir le trio sain et sauf. De son point d'observation, Élise pouvait voir ses amis assis au fond d'un vallon. Ils se remettaient de leurs émotions. Grégoire balayait encore le sable des cheveux de Sophie et l'aidait à nettoyer et à ajuster sur son visage les lunettes qu'elle avait mis beaucoup de temps à retrouver.

Élise éprouva un début de malaise, comme si elle s'était arrêtée trop brusquement après avoir pirouetté. C'était à la fois le mal de l'espace, le vertige et le mal des transports. Les muscles de ses bras se contractaient de crampes et ses jambes ne cessaient de trembler.

— Madame, je crois que je vais être malade !

Diego lui tendit une bouteille d'eau.

— Tiens bon, Élise, l'encouragea Mme Simard, encore un tout petit bout de chemin.

Le bolide cahota et se remit en marche.

— Nous avons fait une approche un peu trop serrée à mon goût, affirma Diego à sa passagère. Ta prof a vraiment des nerfs d'acier.

Élise lui sourit, en acquiesçant d'un signe de tête.

— Madame, vous avez pris un très grand risque en venant me secourir ! cria la jeune fille, au-dessus du vrombissement du moteur.

— En vérité, il n'y avait rien à craindre, puisque Luna ne savait que faire du fusil. C'est une cervelle d'oiseau qui s'est fait recruter par ces bandits. Par bonheur, comme on dit chez nous, Dragana s'est timbrée, au point de voir trente-six chandelles.

Les trois passagers de la moto-dune s'esclaffèrent.

Ayant retrouvé son calme, Élise posa une première question à Diego.

— Au fait, comment saviez-vous que j'avais des ennuis ?

— Monsieur Unancha s'est aperçu que deux voitures nous filaient depuis l'auberge de jeunesse. Il nous a envoyés faire un brin de reconnaissance, pour nous assurer que vous ne couriez aucun danger. Il m'a mis au courant de l'histoire que tu as eue avec Dragana, au Musée de l'or.

— Vous savez que c'est elle qui a volé le plastron cérémonial d'Atahualpa ?

— Oui, nous l'avons rapidement repérée dans les séquences vidéo de notre système de surveillance.

— Alors, vous n'êtes pas seulement notre guide ?

— Non, je travaille pour le service de protection du patrimoine. Il y a des semaines déjà que nous sommes sur la piste du docteur Blunier, de Dragana et de leurs collaborateurs.

— Pourquoi ne pas les avoir arrêtés ?

— Nous voulions savoir ce que Blunier avait l'intention de faire avec les nombreux objets qu'il avait déjà accumulés.

Élise sentit de nouveau son estomac tanguer.

— Madame, j'aimerais aller retrouver mes amis, si vous voulez bien.

La pilote fit un virage serré et s'arrêta près de l'endroit où les deux adolescents ramassaient encore les morceaux éparpillés de leur planche.

Élise posa le pied au sol et tomba dans les bras de Grégoire et Sophie. Les rires et les pleurs se mêlaient à leurs questions.

— Cette crétine a essayé de te kidnapper ? lança Grégoire.

— Qu'est-ce que Dragana voulait au juste ? sollicita Sophie.

— Mais, qu'est-ce que vous avez fait pour faire fuir ceux qui vous encerclaient ? demanda Élise à son tour.

— Facile d'être plus malin qu'eux, se vanta Grégoire. Je leur ai simplement expliqué, en espagnol, que la police les traquait et que Dragana était un agent double. Qu'elle était en fait une taupe qui avait infiltré le réseau de Blunier. Et, qu'en réalité, elle travaillait pour les services secrets du pays. Eux et tous ces chercheurs d'or allaient bientôt être pris au piège et passer le reste de leur vie derrière les barreaux.

— Nous leur avons fait croire, ajouta Sophie, qu'elle tenait déjà le secret du trésor. Ils semblaient peu convaincus, mais Grégoire a insisté, disant qu'elle allait les plaquer. Quand monsieur Unancha et les autres se sont pointés sur leur planche, fonçant sur eux à toute vitesse, les bandits se sont rendu compte qu'ils étaient surpassés en nombre. Enfin, ils se sont dégonflés et en super vitesse, ils se sont éclipsés en prenant Dragana en chasse.

— On aurait dit qu'ils avaient le diable à leurs trousses. Il faut croire qu'ils ont gobé l'appât, s'enorgueillit Grégoire.

— C'est pour ça, dit Élise en montrant au loin une dune particulièrement haute, que je l'ai vue en pleine course-poursuite avec les autres fripouilles. Luna, la pauvre, a été laissée pour compte.

Diego et les trois adolescents éclatèrent de rire à s'en décrocher les mâchoires en imaginant Luna plantée toute seule au milieu des dunes, sans personne pour la ramener chez elle.

— C'est madame Simard qui est venue à ta rescousse ? demanda Sophie, curieuse.

— Cette femme a du cran. Elle et Diego ont foncé droit sur le buggy de Dragana et de Luna et j'ai pu m'échapper en changeant de véhicule. Elle conduit comme un pilote de Formule 1 !

— Maintenant que j'y pense, tu as bien dit Luna ?

— Oui, Sophie, la guide qui ne nous lâchait pas d'une semelle à Lima. Elle travaille aussi pour Blunier.

— J'aurais dû deviner que ce guide velcro était dans le coup, après l'histoire du musée. Ce détail m'a échappé.

Le trio se mit de nouveau à rire.

Un peu ressaisie, Élise pensa à remercier ses libérateurs inattendus.

— Madame Simard et Diego, je vous dois beaucoup pour ce que vous avez fait aujourd'hui.

— Je n'ai fait que mon devoir, répondit la prof. Un jour, tu auras peut-être à faire la même chose pour moi. Si vous n'avez aucun mal, sauf celui d'avoir été un peu secoués, vous feriez mieux de filer rejoindre les autres. Nous avons encore trois heures de route à faire. On se retrouve à l'oasis, où je compte bien prendre ma tasse de thé avant le départ.

Diego descendit de la moto.

— Ne vous en faites pas pour les planches, dit-il. Je m'en occupe.

Mme Simard mit le contact et décolla à toute allure. Bientôt, elle se gara sous les palmiers et s'installa à une table au restaurant de l'oasis.

Élise ne voulait pas montrer à ses amis qu'elle avait été ébranlée par cet événement intense. Elle se demandait comment un simple voyage scolaire pouvait si vite virer au cauchemar ? Elle enfonça ses mains dans les poches de son jeans et se mit à marcher vers le reste du groupe qui prenait une collation sur la terrasse du restaurant avant de remonter dans l'autobus qui les attendait. Un flux d'idées noires inondait son cerveau : l'exécution d'Atahualpa, les squelettes retrouvés sur le chantier

La rançon d'Atahualpa

de construction, des portes secrètes, des monticules d'or et, de surcroît, l'image obsédante du soleil couronnant la tête de Dragana, lui donnant l'apparence d'un personnage sorti tout droit de *La route du chaos*, un film de Mad Max.

En un éclair de génie, Élise comprit que toutes les chances étaient de son côté. Elle était saine et sauve ainsi que ses meilleurs amis. Quelques pas derrière elle, Grégoire et Sophie la suivaient avec Diego. Ils traînaient leur planche écrabouillée, puisqu'ils ne voulaient pas laisser le moindre déchet dans ce cadre immaculé.

CHAPITRE 13

La Casa Andina

L'autobus bondé quitta l'oasis. Heureux pour la plupart de leur aventure dans les dunes, les passagers entonnèrent les chansons de camps d'été dont ils pouvaient se souvenir, en y ajoutant les gestes. D'abord, ils chantèrent à tue-tête :

> *Dans mon pays d'Espagne*
> *Dans mon pays d'Espagne olé, y a un soleil*
> *comme ça (bis)*
> *y a la mer comme ça (bis),*
> *y a les montagnes comme ça (bis),*
> *les castagnettes comme ça (bis)*
> *et un toréador comme ça (bis).*

Grégoire s'empressa de suggérer une chanson à répondre spéciale, pour taquiner Sophie. Il prit le rôle du meneur, tandis que les autres s'égosillaient en reprenant le refrain après chaque verset.

> *Oh Ursule !*
> *Oh euh ! Oh Ursule ! Pour toi d'amour,*
> *mon cœur brûle*

Il faudrait, il faudrait une pompe à vapeur
Pour éteindre le feu qui consume mon cœur.
J'aime tes grands yeux derrière tes lunettes
Ils me font penser aux phares de ma camionnette.

Refrain

J'aime tes oreilles en forme de portes de grange
Ils me font penser aux ailes d'un ange.

Refrain

J'aime tes grandes dents en forme d'allumettes
Elles me font penser aux dents de ma fourchette.

Refrain

J'aime ton grand nez, au milieu de ta face
Ce serait bien mieux s'il prenait moins de place.

Refrain

J'aime tes grands cheveux en forme de tignasse
Ils me font penser au poil de ma vache.

Refrain

J'aime tes grands pieds qui sentent le fromage
Si tu les lavais, ce serait bien dommage.

Refrain

Les applaudissements et les rires fusèrent.

Au fil du trajet, Élise retrouva peu à pcu son état normal et se mit à analyser les faits. Elle fit un effort pour ne pas se couper de ses émotions, en se répétant qu'elle avait eu de la chance et que tout allait rentrer dans l'ordre. Pourtant, elle se sentait encore vulnérable. Y avait-il d'autres kidnappeurs prêts à lui sauter dessus ? Quand Blunier allait-il refaire surface ? Dragana tiendrait-elle sa promesse de ne pas s'attaquer à ses amis ? Le plus difficile, dans toute cette histoire, était d'être loin de ses parents, sans pouvoir leur téléphoner. Elle se jura de leur envoyer un message, dès qu'elle aurait accès à un ordinateur.

Assise à côté d'elle, Sophie se tourna pour la regarder. Son doux sourire disparut lorsqu'elle vit le visage de son amie.

– Élise, tu es blême comme une feuille de papier. Ne pense plus à cet incident. Nous allons bientôt arriver à notre hôtel. Monsieur Unancha m'a dit qu'il y a une piscine. Nous pourrions aller nager. Ce serait une bonne façon de décompresser.

– Tu as raison.

* *
*

Au soleil couchant, les jeunes voyageurs et leurs chaperons arrivèrent à la Casa Andina, un charmant hôtel trois étoiles, au cœur de la petite ville de Nazca. M. Unancha et Mme Simard se rendirent à la réception avec Diego pour vérifier les réservations, s'inscrire, déposer les passeports et obtenir les clés.

Les chambres avec balcon, sur deux étages, surplombaient une jolie cour intérieure où poussaient des palmiers et des bougainvilliers. Au rez-de-chaussée, la salle à manger vitrée s'ouvrait sur une large terrasse, flanquée sur trois côtés de hauts murs blanchis à la chaux. Au centre, une piscine extérieure ovale avait l'apparence d'un cénote, un puits naturel ou un trou bleu. Dans leur chambre, Élise et Sophie avaient enfilé leur maillot de bain et, sans hésiter, elles plongèrent dans l'eau pour faire quelques longueurs avant d'aller manger. L'éclairage féerique et les meubles rustiques conféraient à ce lieu une ambiance des plus chaleureuses ainsi qu'une sensation de paix et de sécurité.

Les autres élèves affamés s'étaient empressés de descendre au rez-de-chaussée, espérant trouver un bon repas chaud. Le choix se limitait au *lomo saltado*, un plat composé de filet de bœuf coupé en petites lamelles sautées avec des oignons et des tomates, assaisonné de piments doux et d'épices, servi avec des frites. Lorsque le groupe fut sur le point de quitter la table, M. Unancha proposa une dernière sortie.

— Une petite marche de santé vous fera tous du bien avant d'aller au lit.

Bien rassasiés, certains ne voulaient rien de mieux que d'aller dormir. Il y eut un gémissement collectif que le professeur ignora.

— Nous allons explorer la Plaza de Armas, située à un pâté de maison d'ici. La collection d'arbres exotiques et la fontaine tout illuminée le soir en font l'une des plus belles places publiques du pays. Dans les jardins fleuris, vous verrez un endroit où l'on a découpé le gazon en plates-bandes pour produire le dessin, à plus petite échelle, du singe, l'un des nombreux animaux que nous allons voir demain sur le plancher du désert.

*　　*

*

Tout le monde dormait à poings fermés, sauf Élise, assise dans son lit, entourée d'obscurité et de silence. Sa compagne de chambre grinçait des dents dans son sommeil. « Je me demande si je devrais la réveiller. » En y réfléchissant, elle se rappela que Sophie dormait comme une bûche et serait de mauvaise humeur le lendemain si elle n'avait pas eu ses huit heures de sommeil. Sur la pointe des pieds, Élise quitta donc la chambre sans bruit. Une fois sur le balcon, elle emprunta l'escalier et traversa la cour intérieure. Dans le foyer de l'hôtel, elle s'installa à l'ordinateur. Elle voulait être seule pour contacter son père. Lui saurait la rassurer par ses bons conseils.

Le lendemain matin au réveil, Sophie n'en crut pas ses yeux en voyant son amie, l'air fatigué, mais la mine joyeuse. « Sa nuit de sommeil l'a sans doute remise sur les rails », se dit-elle.

— Élise, ça va ?

— Mieux qu'hier. Pendant que tu dormais, j'ai contacté papa.

— Tout va bien ?

— Il a hâte que je rentre à la maison.

— Avec toute cette histoire, c'est normal qu'il s'inquiète.

— Oui, je sais. Au fait, il a eu des nouvelles de madame Bloomberg. Il paraît que Blunier, pendant son incarcération à l'abbaye[1], travaillait comme sacristain.

— Comme sacristain ?

— Il s'occupait de tout dans la pièce annexée à la chapelle. Tu sais, l'endroit où se trouvent les vêtements et tous les objets nécessaires aux célébrations religieuses. Prétextant qu'il voulait apprendre l'humilité et mieux expier sa faute, Blunier a convaincu le prieur de lui accorder ce privilège.

— Comme c'est pratique ! Un boulot de tout repos pouvant s'accomplir loin des regards curieux.

---

1. Voir *Élise et Beethoven*.

     La rançon d'Atahualpa

— Il devait voir à ce que les lieux soient bien entretenus, veiller à tout, du ménage jusqu'au lavage, en plus de l'achat des fournitures, tels les lampions et les cierges…

— Non, ce n'est pas vrai ! s'exclama Sophie.

Tout comme son héros Sherlock Holmes, elle avait la capacité de se servir de sa logique et de son intuition, deux éléments indissociables dans l'art de résoudre une énigme.

— Tu as déjà tout compris ? dit Élise en ricanant.

— Mmmm, voyons voir… D'abord, je mettrais ma main au feu qu'une fois libéré de son cachot pour se rendre à la sacristie, Blunier a fait fondre les chandelles pour se faire des impressions des clés qu'on lui remettait temporairement. Il s'en est servi pour produire des doubles.

Élise écarquilla les yeux.

— Comment ne pas aimer une fille aussi intelligente ? dit-elle pour taquiner son amie, en reprenant une phrase que Grégoire répétait souvent.

Sophie pouffa de rire.

— Mais, comment est-il passé de l'empreinte à l'objet réel ?

— C'est tout simple, Élise, un jeu d'enfant. La cire épouse les moindres détails, de la tige au panneton, tu sais les petites dents pointues qui servent à actionner le pêne de la serrure. Une fois la cire durcie, je parie que Blunier a injecté du polyuréthane dans son moule. C'est un plastique que l'on peut trouver liquide en bouteilles et qui se raffermit. On peut lui donner la forme que l'on veut. Les moines en tirent des statuettes de Saint-Benoît, leur patron, qu'ils vendent aux touristes. Je devine la suite, mais je t'écoute.

— Après quelques semaines de préparation, lui et ses larrons ont pu quitter l'abbaye en utilisant leur clé, sans que personne ne tire la sonnette d'alarme. Pour les habitants du petit village de Bavière, rien ne leur a sauté aux yeux, en voyant ces hommes vêtus comme des cisterciens dans leur coule blanche. Ils avaient l'habitude de voir les moines circuler dans les rues, occupés à faire leurs emplettes les jours de marché.

— Et par pur hasard, dans un endroit judicieusement choisi, un chauffeur les attendait. Avec une avance de deux ou trois heures sans aucune description de la voiture de fuite, impossible pour les policiers d'ériger des barrages sur les routes pour intercepter les malfaiteurs.

Élise en resta bouche bée.

— Comme le dirait Grégoire, ferme la bouche, sinon les mouches vont se servir de ta langue comme piste d'atterrissage !

Toutes deux eurent un rire provoqué par ce rappel de leur ami.

En s'efforçant de reprendre son sérieux, Élise ajouta :

— Tu veux savoir ce que mon père m'a dit à propos de Dragana ?

— Je meurs d'envie d'en savoir davantage, mais je meurs surtout de faim. Il me faut un lait au quinoa, un petit *pan francés* garni de fromage et d'avocat pour me remettre d'aplomb. Allons trouver Grégoire et tu nous dresseras le portrait de Dragana pendant le petit déjeuner.

Jour 4

Les géoglyphes de Nazca

CHAPITRE 14

Vue à vol d'oiseau

À table, Élise raconta l'évasion du Dr Blunier et de ses complices et décrivit le *modus operandi* de Dragana à Grégoire ainsi qu'à Diego, M. Unancha et Mme Simard.

— Selon les informations que mon père a obtenues de madame Bloomberg, notre amie en Allemagne, Dragana est la fille d'un trafiquant russe d'œuvres d'art associé à Blunier depuis longtemps. Mais, depuis que les deux hommes étaient en prison, Dragana travaillait un peu partout en Europe, comme bonne d'enfants au service de familles riches. De préférence, elle se faisait engager par des couples n'ayant qu'un seul enfant. Lorsque les parents, et l'enfant surtout, devenaient très attachés à leur nouvelle nounou, elle kidnappait le bébé et envoyait à la famille une lettre de rançon de centaines de milliers de dollars, menaçant de faire disparaître le petit si le couple contactait la police. Madame Bloomberg a avancé l'hypothèse que tout cet argent ait servi à changer son apparence et à financer le voyage au Pérou.

– Cette femme est un monstre ! s'exclama Sophie.

– Blunier a trouvé en elle une nouvelle paire de mains pour faire ses sales besognes, affirma Grégoire.

– Dans le but d'échapper à la surveillance des policiers et des douaniers, Dragana et Blunier ont probablement payé le gros prix pour obtenir de faux papiers.

Tous les convives hochèrent de la tête.

– Mieux nous serons renseignés sur Blunier, Dragana et les autres, dit Diego, plus il sera facile de resserrer l'étau sur ces fugitifs.

– Attention ! Il ne faut pas vendre la peau de l'ours avant de l'avoir tué, s'exclama Grégoire. Blunier n'a pas fini de nous en faire voir.

– Grégoire a raison, Diego. Nous étions persuadés que Blunier serait en prison pour bien des années, affirma Sophie. Voilà qu'il a réussi de nouveau à filer entre les doigts des autorités.

– C'est un fou rationnel, mais dangereux. Il ne faut surtout pas le sous-estimer, avertit Élise.

– Attendons de voir ce qu'il va machiner, suggéra M. Unancha. Nous devons faire en sorte que ce bandit ne gâche pas notre voyage.

Tout le monde se montra bien d'accord.

– On ferait bien d'y aller, si on veut voir de plus près les géoglyphes, insista Mme Simard.

*   *
*

Après un dernier contrôle des chambres et une fois les sacs d'expédition chargés, les jeunes et leurs accompagnateurs quittèrent leur gîte. Ils prirent la route en direction de l'aérodrome, à cinq minutes de l'hôtel. À bord de deux avions à dix places, les élèves allaient survoler le plancher du désert pour voir les étranges dessins de Nazca qui tapissaient le fond de la vallée aride.

Pendant que les pilotes effectuaient leur inspection prévol, Élise, Sophie, Grégoire, Diego et Mme Simard prirent place dans le premier appareil. Les quatre autres passagers, sujets au mal de l'air, décidèrent plutôt de voir le site à partir d'un belvédère situé non loin du petit aéroport. À bord de l'avion, chacun se coiffa d'un casque d'écoute muni d'un micro et boucla sa ceinture, après quoi Diego, du siège de copilote, leva le pouce en l'air pour signifier que tous étaient prêts pour le décollage. Avec l'autorisation de la tour de contrôle, le pilote fit le contact. Les moteurs se mirent à rugir à cœur fendre, puis à ronronner docilement, dès que les hélices furent en mouvement.

Élise eut une sensation de panique qui venait de surgir de nulle part. Pour une raison qui lui échappait, sa course à travers le désert à la rapidité d'une queue de comète l'avait moins troublée que l'atmosphère oppressante de l'avion. Elle avait la sensation d'étouffer dans cet habitacle hermétique. « Il ne faut pas que j'y pense, se dit elle. Tout va bien se passer. Je suis en sécurité entre ciel et terre. »

L'avion roula en direction de la piste et le pilote vérifia une dernière fois ses commandes. L'appareil accéléra et prit son envol. Élise se décontracta dès que la piste disparut. En revanche, Grégoire tenait difficilement en place, tellement il était excité de voir se réaliser un de ses plus grands rêves. De son hublot, il vit apparaître au sol des formes aérées et précises d'animaux. Il reconnut immédiatement celle du singe, taillée dans les pelouses de la Plaza de Armas et aperçue la veille. Plus loin, il vit le chien et à sa gauche le condor, qu'il avait examiné cent fois sur l'affiche couvrant le mur de sa chambre.

— Sans sable ni poussières pour recouvrir la plaine, lui parvint la voix de Diego dans son casque d'écoute, avec à peine quelques millimètres de pluie par année et très peu de vent pour les éroder, les dessins de Nazca sont restés intacts depuis des siècles.

— Combien de ces motifs allons-nous voir, Diego ? demanda Sophie dans son micro.

— On a déjà dénombré plus de trois cent cinquante dessins distincts. Impossible de les voir tous. Nous allons passer au-dessus des plus spectaculaires. Au niveau du sol, les lignes sont presque imperceptibles parce que le plancher du désert est recouvert de cailloux colorés par l'oxyde de fer. Aux endroits où les cailloux ont été déplacés, on peut voir le sol clair et les sillons tracés dans le gypse, du sulfate déshydraté de calcium. Du haut des airs, nous pouvons apprécier leurs pleines dimensions.

À mesure que l'avion prenait de l'altitude, les passagers purent mieux discerner les lignes s'enchevêtrant pour former des animaux, des plantes et même des hommes.

— C'est en 1927 qu'un pilote de l'armée de l'air péruvien survole les lignes pour la première fois, sur des kilomètres. Le sol sans végétation crée une sorte de bouclier d'air chaud, ce qui empêche le vent de les effacer.

— Quel âge ont les figures de Nazca ? s'informa Sophie.

Avant que Diego puisse répondre, Grégoire donna son explication de passionné d'archéologie.

— Les lignes par elles-mêmes ne peuvent être datées au carbone 14. C'est donc dire que, possiblement, elles existaient déjà au moment où la culture nazca fit son apparition. Dans ce cas, elles auraient environ deux mille ans.

— C'est exact! affirma le guide.

— Leur histoire me fascine depuis toujours! déclara Grégoire.

— C'est plutôt une obsession, confirma Sophie.

Pour empêcher ses amis d'avoir une prise de bec, Élise posa une nouvelle question.

— À quoi servaient ces dessins?

— Il y a plusieurs théories, offrit Diego, certaines très logiques, d'autres vraiment tirées par les cheveux.

— Pouvez-vous nous donner un aperçu de ce que croient les chercheurs? demanda Mme Simard à son tour.

— Bien sûr. D'abord, la mathématicienne allemande Maria Reiche, après avoir consacré la majeure partie de sa vie à étudier l'archéologie, croyait que tous ces dessins constituaient un immense calendrier astronomique, dont les traits pointaient vers des étoiles ou des constellations importantes. Par ailleurs, un astronome britannique fut le premier à proposer que le lieu servait d'observatoire destiné à prédire le mouvement du soleil et des étoiles. D'autres experts ont suggéré que les Nazcas, ayant conçu un système d'irrigation pour suppléer au manque d'eau chronique dans cette région, avaient creusé des puits profonds de plusieurs mètres reliés à des aqueducs souterrains. Les figures et les lignes servaient de repères pour retrouver les sources qui alimentaient ce réseau, tandis que pour d'autres encore, les figures délimitaient une piste d'atterrissage pour les vaisseaux spatiaux.

— Ce qui explique le dessin de l'astronaute, ajouta Sophie.

— Précisément, attesta le guide.

— Diego, s'enquit Élise, comment ils ont fait pour que chaque animal semble si net ?

— Par simple carroyage, c'est-à-dire que chaque dessin fut quadrillé, puis reporté à l'échelle sur le sol, où l'on prit soin de tirer des cordages pour reproduire les carreaux. Récemment, des archéologues ont créé des répliques identiques des figures de Nazca avec leurs étudiants, en un temps relativement court.

Le pilote venait de recevoir un message urgent, qu'il transmit aussitôt à Diego. La tour de contrôle l'informait que la présence d'un appareil non identifié dans leur espace aérien venait d'être détectée sur le radar. Ils devaient être très prudents.

— Je crois que nous avons des visiteurs, fit le guide en indiquant la portière de son côté.

— Oh ! Il ne faudrait tout de même pas pousser mémé dans les orties ! marmonna Grégoire.

— Non, ce n'est pas possible ! clama Élise à son tour, en montrant son hublot. Cette femme a le don de sortir de nulle part.

— Qu'est-ce qu'elle manigance cette fois ? demanda Sophie.

CHAPITRE 15

Une petite question

Les occupants de l'avion purent donc voir la libellule mécanique géante venir droit sur eux. Le pilote fit un virage vers la droite pour s'éloigner.

— Non, mais! s'écria Élise, furieuse. Ça suffit! Je ne peux vraiment plus la supporter. Elle se colle à nous comme un chardon!

— Diego, est-ce qu'on peut entrer en communication avec l'hélicoptère?

Le guide transmit la demande de Mme Simard au pilote, qui s'empressa de scruter les ondes radio afin de capter la fréquence de l'autre appareil. Après un silence qui parut long, un crachotement se fit entendre et Dragana répondit à l'appel.

— Tiens, vous voilà! J'espère que vous prenez le temps de goûter au plaisir du voyage et que votre vol est des plus agréables.

— Non mais, elle se prend pour un agent de bord maintenant, pesta Grégoire.

— On a tous nos petits soucis. Mais, vous n'avez rien à craindre. Je suis venue vous trouver seulement pour soulever une petite question restée sans réponse. Élise, tu m'entends bien?

– Oui, Dragana. Que voulez-vous savoir au juste ?

– Lors de notre dernière rencontre, tu te souviens, tu as eu la gentillesse de me dévoiler un des trois objets qui nous mèneraient au trésor. En plus de la flûte en or, quels sont les deux autres ? Tu étais sur le point de passer aux aveux, lorsque nous avons été cavalièrement interrompues.

« Mais vous êtes complètement cinglée ! », faillit hurler l'adolescente. Elle se retint et voulut gagner du temps.

– Maintenant… vous voulez savoir… en ce moment précis… quels sont les deux autres.

– Allons, sois gentille. Lâche le morceau, si tu ne veux pas qu'on vous ramasse à la cuillère sur le sol du désert.

– J'aimerais bien lui lâcher quelques perles ! lança Grégoire.

Sophie se mordit la lèvre inférieure pour ne pas laisser échapper le rire nerveux qui crépitait au fond de sa gorge.

– Tu m'entends bien. Je te donne deux minutes pour réfléchir, menaça Dragana.

Diego fit signe au pilote de couper la communication.

– Tu n'as pas le choix. Il faut lui dire ce que tu sais, insista le guide.

– J'ai une autre idée, proposa Sophie. Si on lui donnait des indices complètement faux pour la lancer sur la mauvaise piste ?

– En faisant cela, avertit Diego, vous risqueriez de susciter la colère de Blunier et de cette femme et de provoquer de nouvelles attaques. Voulez-vous mettre en danger votre propre sécurité et celle des autres membres du groupe ?

— Diego a raison, dit Élise. Ouvrez le micro, je vais lui dire ce que je sais.

— Attendez ! intervint Mme Simard. Élise, est-ce que tu sais où se trouvent les choses dont elle parle ?

— Non, je n'en ai pas la moindre idée, je ne sais pas par quel bout commencer.

— Alors, je crois que Sophie a raison. En refilant de fausses pistes à Dragana, elle s'élancera dans l'inconnu. Pendant qu'elle sera occupée comme un chien qui court après sa queue, nous aurons une petite longueur d'avance.

— Et Dragana, asticota Grégoire, aura tout le temps voulu pour aller aux fraises ou bien pour faire la chasse au dahu[1], à l'échalote et pourquoi pas une petite pêche au poisson d'avril pour couronner le tout.

— Ça va, Grégoire ! On a compris, rétorqua Sophie.

— Alors, nous sommes tous d'accord ? s'enquit Mme Simard.

Tout le monde confirma d'un signe de tête. Rapidement, ils s'entendirent sur les informations erronées. Avec à peine quelques secondes de grâce, Diego ouvrit la communication.

— Deux minutes pile, j'adore la ponctualité, lança Dragana. Alors, qu'est-ce que vous avez décidé ?

Mme Simard, Diego et les trois amis échangèrent un regard complice.

— Je vais tout vous dire, affirma Élise. Vous savez déjà que vous devez trouver une flûte en or,

---

1. Animal imaginaire à la poursuite duquel on lance une personne crédule (*Larousse*).

– Oui ! Oui ! s'impatienta Dragana.

– Les deux autres indices sont un condor et une cure chamanique.

Après un moment, comme pour laisser la Russe peser la valeur de l'information qu'elle venait d'obtenir, l'hélicoptère effectua une transition au vol stationnaire. Sans doute satisfaite, la patronne donna l'ordre au pilote de rentrer et l'appareil détala vers les montagnes. Des applaudissements éclatèrent dans la cabine du petit appareil de tourisme.

* *
*

Comme l'avion survolait les formes du colibri, du héron et de l'araignée sur le plancher du désert, Diego reprit la description des dessins. Élise commençait à cogner des clous et s'abandonna au sommeil sur l'épaule de sa voisine. « Pas étonnant qu'elle soit épuisée, pensa Sophie. Si seulement on pouvait trouver une façon de trancher ce nœud gordien et semer Blunier, Dragana et toutes les autres vipères, une fois pour toutes. »

La vue du hublot, digne d'une carte postale et cent fois mieux que n'importe quelle affiche, n'arrivait plus à retenir l'attention de Grégoire ni des autres passagers. Diego fit signe au pilote qu'il était temps de rentrer. L'officier aux commandes changea de cap. Le Turboprops se posa enfin sur la piste et roula sur quelques mètres, avant de s'immobiliser devant le petit aéroport.

Le premier avion s'était déjà posé quand le trio et les deux adultes se retrouvèrent sur le tarmac avec les passagers de l'autre appareil, sous un soleil éblouissant qui faisait cligner des yeux. M. Unancha arriva au pas de course, l'air ahuri.

– Que s'est-il passé ? murmura-t-il, à bout de souffle. J'ai vu… de notre avion… l'hélicoptère qui vous traquait.

– Rien que nous ne puissions surmonter, répondit Mme Simard.

– Que voulez-vous dire ? insista le professeur d'histoire.

– Cette « apprentie dictatrice à la noix de coco » nous a encore fait des menaces, lança Grégoire.

– Chut ! Pas si fort, gronda Sophie entre ses dents. Tu veux ameuter tout le monde ?

– Elle insistait pour connaître les deux autres indices qui mèneraient à la découverte du trésor des Incas, l'informa Élise baissant le ton, en entraînant ses amis à l'écart.

– C'est mon ami le docteur Velásquez qui vous a mis au courant de ces choses. J'aurais dû l'avertir du danger de vous révéler cela, se blâma M. Unancha.

– Ne vous en faites pas, c'est plutôt Dragana qui a laissé sa cupidité l'aveugler, dit Mme Simard. Nous lui avons refilé de fausses informations et elle nous a crus.

– Vous avez fait quoi ? s'écria M. Unancha, en baissant aussitôt la voix.

– Ne paniquez pas, nous l'avons fait pour gagner du temps, dit Élise.

– Cette femme se rendra vite compte de votre tour de passe-passe et nous allons nous attirer les foudres de…

Grégoire ne laissa pas à M. Unancha le temps de finir sa phrase tant il baignait encore dans l'univers de Tintin.

– Cette « coloquinte à la graisse de hérisson » !

Tout le monde s'esclaffa, ce qui eut pour effet à nouveau d'apaiser la tension.

– Écoutez, reprit Mme Simard. À première vue, c'était la mauvaise décision, mais en fait, c'était la plus logique. À partir de maintenant, nous allons nous en remettre à la science pour nous guider. Sophie et Grégoire, je compte sur vous, à cause de vos penchants pour la criminologie et l'archéologie. Toi, Élise…

L'enseignante hésita, sachant que la jeune fille avait des dons pour la musique et les sports, et que la chimie, la biologie et la physique ne lui faisaient ni chaud ni froid.

– … on te trouvera une tâche quelconque.

– Voilà les autres qui arrivent, interrompit M. Unancha.

Après le raffut de tous les diables en plein ciel pour écarter Dragana, une petite heure de récupération s'imposait. Une boisson froide et une collation furent les bienvenues pour calmer les nerfs et faire passer les nausées engendrées par les nombreuses manœuvres du pilote au-dessus des dessins sur le plancher du désert.

CHAPITRE 16

Les pilleurs de tombe

À la porte du café de l'aérodrome, un autobus de luxe les attendait pour les conduire jusqu'à la ville blanche d'Arequipa. Ils feraient plusieurs haltes, dont une au cimetière de Chaucilla. Une longue route s'étendait devant eux, sur plus de cinq cents kilomètres avant leur destination finale. Les paysages se succédaient entre la campagne et les villages, la plaine et les montagnes. Au bout de trente kilomètres, le ronron du moteur et le bruit statique du microphone annoncèrent leur première escale. Au milieu de nulle part, l'autocar quitta la route pour emprunter un chemin de terre.

— Le site archéologique que nous allons visiter, les informa Diego, n'est pas un endroit, comme vous le dites chez vous, « pour les petites natures ». L'ossuaire nazca de Chaucilla est en fait un cimetière à fosses ouvertes. Il y en a environ quatre cents, mais seulement une douzaine ont été restaurées. À cause du climat aride, les dépouilles mortelles que vous allez y voir sont des momies.

Grégoire poussa Sophie du coude. Elle lui fit une grimace, sachant que l'envie le démangeait de lui rappeler ses histoires de malédictions.

— Pourquoi les fosses sont-elles ouvertes ? demanda un élève.

— Au cours des siècles, les lieux ont été profanés par des brigands.

— Qu'est-ce qu'ils cherchaient ? demanda une autre.

— Comme tous les pilleurs de tombes, ils étaient à la recherche de trésors. À l'époque précolombienne, on enterrait les morts avec des objets précieux faits de pierre, de poterie et d'or.

— Est-ce qu'ils faisaient comme les Égyptiens ? demanda un troisième.

— Vous voulez dire dans la préparation du corps ?

— Oui, mais aussi pour les objets qu'ils mettaient dans les tombes ?

— Ce sont deux excellentes questions. On enterrait le défunt comme chez les Égyptiens, mais sans lui enlever le cerveau ni les organes internes. Les morts étaient vêtus de leurs plus beaux habits et on les entourait d'objets précieux et utiles pour leur nouvelle vie dans l'au-delà.

L'autobus s'arrêta dans le stationnement du site.

— Ah ! Nous y voilà, dit Diego. Je vous demanderais de me suivre et de rester avec moi. De cette façon, vous pourrez tout voir et bien entendre mes explications.

Le cimetière n'avait rien de touristique. Sur cette grande étendue aride, le relief avait pris la forme d'excavations barbares, sous les coups de pioches des pilleurs de tombes sans scrupules. Dans cette vaste plaine désertique, des fragments de poterie et d'os se mêlaient au sable. Parsemant le territoire, quelques toitures rustiques en bois avaient été fixées à l'aide de poteaux. Ces abris rudimentaires servaient à protéger les momies du soleil et des rares pluies de la région.

Le groupe osait à peine avancer sur le chemin marqué de pierres blanches menant à quelques-unes des tombes restaurées. Au bord de la première fosse, profonde de deux mètres, reposaient trois momies emmaillotées, assises en position fœtale dans de grands paniers souples. Elles étaient alignées contre un des murs en briques crues qui délimitaient la cavité.

— Que remarquez-vous ? s'enquit Diego.

— On dirait qu'ils sont en réunion, dit Grégoire.

Sophie le poussa du coude.

— En fait, ce n'est pas une mauvaise observation, puisque ce sont des fosses communes, c'est-à-dire qu'on y enterrait ensemble les membres d'une même famille ou, possiblement, d'un même groupe de guerriers morts au combat.

— C'est moins ennuyant que d'être enterré tout seul, comme mon grand-père, confia Grégoire.

Sophie lui prit la main et il mit la tête sur son épaule.

— Que voyez-vous de plus ? demanda le guide.

— Autour des momies se trouvent leurs longues nattes de cheveux.

— Bien vu, Élise. Certaines de ces nattes font plus de deux mètres. À l'époque, les cheveux de cette longueur étaient un signe de beauté et de statut social.

— Pourquoi y a-t-il d'autres crânes et des ossements humains placés près des momies ? demanda Grégoire.

– Ce sont les têtes de leurs ennemis, coupées et préparées comme trophées, qu'on a enfouies avec le guerrier. On a trouvé de ces crânes le front percé d'un orifice permettant de les suspendre à l'aide d'une corde pourvue d'un nœud passé dans chaque trou.

Un murmure de dégoût traversa le groupe rassemblé.

– Que voyez-vous encore ? demanda Diego.

– Toutes les momies sont orientées vers l'est.

– Peux-tu en deviner la raison, Sophie ?

– Selon la dame de Nazca, Maria Reiche, la mathématicienne allemande qui les a étudiées toute sa vie, les lignes droites correspondaient aux couchers du soleil, lors des solstices marquant le début des cycles agricoles. Je crois que, pour les Nazcas, le soleil levant était le symbole de la vie. C'est pourquoi, lors des rites funéraires, les chamans plaçaient leurs morts face à l'est, garantissant au défunt sa renaissance.

– Tu comprends maintenant pourquoi je l'aime, chuchota Grégoire à l'oreille d'Élise.

– Je n'aurais pas pu donner meilleure réponse, affirma Diego.

Mme Simard posa une dernière question.

– Pourquoi tant de rites autour de l'enterrement ?

– Bien des cultures ont la même croyance. Pour que l'âme ne soit pas errante, il fallait lui donner une demeure. Une fois le corps mis au tombeau, on devait l'alimenter et lui faire des offrandes, sinon l'esprit errait sans cesse et ne tardait pas à devenir malfaisant. Une âme sans repos tourmentait les vivants. Si elle faisait de fréquentes apparitions, c'était pour leur rappeler de faire quelque chose pour l'apaiser ou de lui trouver une sépulture.

Élise écarquilla les yeux. Elle venait de comprendre que l'hologramme du musée était en fait le spectre de la petite momie des glaces. « C'est une âme agitée, parce qu'il y a quelque chose qu'elle doit faire… une tâche importante qui demeure inachevée. »

*　*
*

À la fin de la visite, Diego proposa de prendre le déjeuner en route puisqu'ils avaient encore des kilomètres à parcourir avant de s'arrêter pour la nuit. En fin d'après-midi, ils firent une dernière halte dans un atelier d'extraction artisanale de l'or. Cette visite permit aux élèves de voir le travail difficile des mineurs indépendants, encore nombreux dans la région.

Jours 5 et 6

Arequipa
&
Trek du Canyon du Colca

CHAPITRE 17

Le chant du coq

Il se faisait tard lorsque les jeunes voyageurs entrèrent enfin dans la ville blanche d'Arequipa. Ils s'arrêtèrent pour la nuit au Couvent de Santa Catalina. L'endroit était si vaste, presque une petite ville, que Diego dut distribuer des cartes pour que les visiteurs puissent se retrouver dans le dédale des corridors et des rues menant au cloître.

Cette nuit-là, Élise n'arrivait pas à trouver le sommeil. Chaque fois qu'elle fermait les yeux, Dragana lui apparaissait, comme un masque grimaçant. Avec son casque d'aviatrice en cuir rose d'enfer et ses lunettes aux lentilles moutarde, elle ressemblait à une Amélia Earhart désaxée. Au bout d'une heure, l'adolescente trouva un fragile repos, mais peu avant l'aube, un grattement sourd troubla son demi-sommeil. Elle prit sa lampe de poche et se leva pour débusquer la source du bruit qui semblait venir du couloir. Quand elle entrouvrit lentement la porte de sa cellule, Élise se trouva devant un magnifique coq qui se mit à chanter. Elle se souvint des paroles du Dr Velásquez au Musée de la nation.

« Selon nos légendes, trois choses existent pour protéger ceux ou celles voués à cette mission sacrée. Trois signes indubitables les mèneront au bon endroit et serviront à éloigner tout malheur. Le premier sera le chant d'un coq. Son rôle est important, car son chant signale la lumière du jour après les ténèbres. Il personnifie l'énergie solaire et l'or est la sueur du soleil. Dans l'enceinte des grands temples, ces magnifiques bêtes circulaient en liberté. Lorsque le coq se manifestera, sa présence sera de bon augure. »

Élise fit signe à l'oiseau de se taire. Le gallinacé gratta alors le sol, en faisant des révérences et des pas de gigue. Sur sa noble tête, au sommet du crâne, se dressait une crête simple rouge vif et charnue. On aurait dit le coupant d'une flèche dentée. Le contour de ses yeux ainsi que ses oreillons étaient d'un rouge orangé-écarlate, tandis que son bec court et fort semblait d'or. Son large cou et sa poitrine ronde et profonde étaient recouverts d'un plumage ambré, souple et éclatant, avec un plastron d'un bleu andalou. Sa queue en panache, garnie de grandes plumes relevées en faucilles noires, avait des reflets bleu nuit, verts et pourpres. Ses pattes rappelaient celles des dinosaures. Recouvertes d'écailles, elles se terminaient par de grosses griffes et des ergots longs et pointus leur donnaient, à l'arrière, l'apparence d'armes redoutables. Au bout de quelques courbettes, il s'éloigna et revint pour tirer sur la jambe du pyjama d'Élise, insistant pour qu'elle le suive. Il recommença son manège jusqu'à ce qu'elle comprenne.

Les yeux rivés sur l'étrange bête, l'adolescente s'élança à sa poursuite, ne voulant pas le perdre de vue dans le labyrinthe des corridors et des rues sombres du couvent. Au bout d'un moment, le coq cessa sa course folle en zigzag et se mit de nouveau à chanter.

À bout de souffle, Élise se retrouva dans une cour à ciel ouvert où poussaient des arbustes et des vignes, flanquée sur deux côtés de hauts murs blancs. Une dizaine d'amphores géantes, coupées en deux, reposaient à même le sol, sur de larges dalles de pierre. Au centre, une auge étroite, en pierre, alimentait chacune des larges cuves en argile. Un système de pipettes et d'écluses contrôlait le débit de l'eau de pluie provenant d'un large puits circulaire. Chaque goutte recueillie servait dans la salle de lavage en plein air.

À mesure que ses yeux s'ajustaient à la clarté du jour levant, Élise reconnut la silhouette de l'apparition qu'elle avait vue au Musée de la nation.

– On m'a donné le nom de Juanita, mais ce n'est pas le mien, lui dit la manifestation. Ma famille m'appelait Coyllur. Je ne suis ni un ancien tableau ni un hologramme, mais plutôt un esprit bienveillant. Mon nom veut dire « Étoile » dans la langue quechua[1] de mon peuple.

Les yeux de la jeune fille étaient en effet éblouissants. Ils scintillaient comme deux étoiles.

Élise resta bouche bée. Avec l'incrédulité de l'apôtre Thomas, elle tendit la main droite pour la toucher. Quand son bras passa au travers de l'apparition, elle eut l'impression de plonger la main dans de l'eau glacée.

---

1. Les Quechuas ou Quichuas sont un groupe de peuples d'Amérique du Sud. Ils forment la plus nombreuse des familles ethnolinguistiques amérindiennes.

– On m'appelle après tout la Princesse des glaces, la taquina Coyllur en souriant. Mais, tu n'as rien à craindre.

– Je n'ai pas peur... c'est que... je veux...

– Tu veux savoir pourquoi je me suis manifestée. Élise hocha la tête.

– Je suis une sorte d'inspiration, un corps éthérique. Tu me vois parce que tu as la capacité de me voir. Mon rôle est à la fois de te guider et de te protéger, puisqu'il y a des gens qui te veulent du mal. Ce sont des intrus dans mon pays, venus ici pour commettre des méfaits. De réels dangers te menacent, si tu essaies de les en empêcher.

– J'ai déjà eu un avertissement, une rencontre assez troublante avec la femme qui a volé...

– Le plastron cérémonial d'Atahualpa, termina la princesse.

S'ensuivit un moment de silence pendant lequel Élise regardait le bout de ses souliers.

– Euh... Coyllur ?

– Oui, répondit la sylphide, en fixant Élise de ses yeux lumineux.

– Est-ce que mes amis pourront te voir eux aussi ?

– Non, tu es la seule à posséder ce don rare. C'est toi que je dois protéger, parce que c'est toi qui cours le plus grand risque.

– Mais, mes amis seront exposés aux mêmes périls.

– Je comprends tes inquiétudes. Rien ne pourra leur arriver si tu suis mes instructions à la lettre. Pour le moment, ça doit être ainsi. Au musée, je n'ai pas eu la chance de te parler, alors je me suis déplacée pour venir tout t'expliquer.

– Pourquoi as-tu choisi ce lieu ?

　　　　　　La rançon d'Atahualpa

— J'habitais ici. Je veux dire, c'était ici que j'habitais avant...

— Avant que tu sois sacrifiée.

La Princesse des glaces fit oui de la tête, puis ajouta :

— Et avant l'arrivée des Espagnols qui nous ont volé nos terres. Mais ça, c'est le passé qui ne peut être effacé. Si tu peux me voir aujourd'hui, c'est que je suis venue... Je suis... venue... pour te gronder.

— Pour me gronder ? Mais, qu'est-ce que j'ai fait de mal ?

— Tu aurais dû user d'une grande prudence dans tes négociations. En révélant à Dragana un des trois objets, tu as créé une situation dangereuse. Tu as déclenché la minuterie régressive. Elle et les autres malfaiteurs vont chercher à dévaliser d'autres musées. Ils n'arrêteront pas leur quête avant d'avoir satisfait leur soif d'or.

— Je n'avais pas le choix. Elle menaçait de nous réduire en bouillie dans un écrasement d'avion. Alors nous lui avons donné de fausses pistes.

— Mais tu lui as dit qu'il fallait qu'elle trouve une flûte EN OR.

— Je suis désolée, bafouilla Élise. Je voulais avant tout protéger mes amis et les autres membres de notre groupe scolaire. Dragana ignore tout autant que moi où et comment trouver ces objets.

— Plus maintenant. Tu viens de faire la connaissance de ton plus fidèle compagnon.

— Le coq ! J'aurais dû faire le lien.

— C'était ton premier indice. Lorsque celui-ci viendra te trouver, tu devras le suivre. Il sera porteur de bonne nouvelle. Et, puisque nous sommes au royaume de l'or, n'importe quelle flûte faite du précieux métal peut ouvrir le livre qui contient le testament du général Rumiñahui.

– Si Blunier met la main sur une flûte en or, que va-t-il se passer ?

– Il ne se produira rien, affirma Coyllur.

– Il faudra tout de même qu'il en tire une musique quelconque, n'est-ce pas ?

– Bien sûr, mais ce seront toutes de fausses notes.

Coyllur se mit à rigoler de sa propre plaisanterie. Et comme le rire est contagieux, les deux adolescentes n'arrivèrent pas à réprimer celui qui leur secouait les épaules. À travers un hoquet, Coyllur arriva enfin à dire :

– Élise, je vais te chanter l'air que tu devras jouer si, et seulement si, ta vie ou celle de tes amis sont mises en danger. En aucun cas et sous aucune pression ne dois-tu, à mains nues, même effleurer les pages du bouquin ancien.

– Il est imbibé de spores microscopiques qui déclenchent une forme de lèpre ?

– Plutôt d'un poison à base de spores toxiques.

– Comme des champignons ?

– Leurs cellules sont invisibles à l'œil nu. Les Incas connaissaient le secret des plantes et l'ont utilisé pour empêcher que le trésor ne tombe entre les mains d'hommes comme Blunier. Les symptômes peuvent prendre quelques jours ou quelques heures à se manifester. Ne sachant pas qu'elle est infectée, la personne se livrera à sa routine quotidienne. Le simple contact avec de l'eau produira un effet domino effroyable. Des démangeaisons banales se transformeront, au bout de quelques jours, en tumeurs inflammatoires perçant la surface de la peau pour se métamorphoser en cloques et en pustules.

– C'est abominable !

— Je sais, mais rassure-toi, le poison n'affecte pas les quelques élus, comme toi, qui ont la chance d'avoir été choisis comme protecteurs du trésor perdu.

— Les quelques élus, tu veux dire qu'il y en a d'autres ?

— Oui, tu feras leur connaissance en temps et lieu.

— Et si le trésor tombe entre les mains de Blunier ?

— Ce n'est pas du trésor qu'il doit se méfier, mais des pages du testament. Il devra se repentir, sinon la mort pour lui sera particulièrement atroce. Pour doubler ta protection, je vais te chanter la mélodie. Alors, écoute bien.

Se concentrant sur la douce voix de Coyllur, Élise, tout à coup, se rendit compte, avec horreur, que ses pires craintes allaient se matérialiser. Elle allait à nouveau devoir affronter le Dr Blunier, cet « Inca de carnaval », comme l'appelait Grégoire. Rien qu'à y penser, elle eut froid dans le dos.

— Tu arriveras à te souvenir de la mélodie ? demanda Coyllur.

— Oui, sans difficulté, répondit l'adolescente, heureuse de repousser les idées noires qui risquaient de l'engloutir.

– À ton tour maintenant, chante pour que je puisse voir si tu l'as bien fixée dans ta mémoire.

Élise n'eut aucune peine à fredonner.

Satisfaite de ce qu'elle venait d'entendre, la petite Princesse des glaces se volatilisa. Élise resta toute seule au milieu du lavoir à ciel ouvert. La panique l'envahit et ses yeux s'écarquillèrent de terreur. « Il va nous kidnapper, pensa-t-elle. Parce que nous sommes les seuls à pouvoir le démasquer et déjouer ses plans. Mais cette fois pourrons-nous l'en empêcher ? »

Du fond de la cour, elle entendit la voix de Sophie qui l'appelait.

– Élise, tu fais tes salutations au soleil, maintenant ? Lorsque je me suis levée, j'ai vu que ton lit était vide, alors je suis partie à ta recherche et j'ai entendu l'écho de ton chant. Grégoire et moi avons fait un pacte pour ne jamais te laisser seule. À deux ou à trois, on peut toujours mieux se défendre contre Blunier.

Ne voulant pas inquiéter son amie, Élise s'inventa des excuses.

– Le lit était trop dur, c'était comme dormir sur une planche. Pas rose la vie de religieuse ! Et puis, j'avais trop de soucis qui me trottaient dans la tête.

– Ne te fais pas tant de mauvais sang. Nous aurons peut-être du renfort, comme en Allemagne.

– Qu'est-ce que tu veux dire ?

– Eh bien, je parle de ton revenant, Beethoven.

– Sophie, est-ce que tu pouvais le voir ?

– Non, mais j'ai senti sa présence quand l'acolyte de Blunier a essayé de me kidnapper. Au moment où son énorme main velue m'a empoignée pour m'entraîner de force dans sa Mercedes, j'ai entendu une voix me dire de le mordre de toutes mes forces et c'est ce que j'ai fait. Je suis championne en arts martiaux, mais ce n'est pas moi qui lui ai administré le coup de karaté bien placé qui a rejeté mon kidnappeur au fond de sa grosse minoune. La portière s'est refermée comme par magie et la voiture de luxe a démarré à toute allure, ne laissant derrière que les traces des pneus surchauffés.

Élise se mit à rire à gorge déployée, en pensant à Beethoven en train de faire du karaté. Sans transition, elle se mit à pleurer.

— Pourquoi ces larmes ?

— C'est que je ne peux plus le voir !

— Beethoven ?

Élise hocha la tête et s'essuya les yeux.

— Après que Grégoire et toi étiez déjà partis en Autriche, je suis allée au musée de Bonn une dernière fois. Je voulais faire mes adieux à madame Bloomberg et lui dire merci pour tout ce qu'elle avait fait pour nous. Tu te souviens du portier qui nous avait mis à la porte du musée parce que tu avais pris des photos alors que c'était strictement interdit ?

— Oui, il était vraiment bougon.

— Il m'a remis une lettre du maître, que j'ai apprise par cœur.

Je serai présent à ton dernier concert à Vienne. Par la suite, je disparaîtrai de ta vie et nous ne pourrons plus communiquer ensemble, comme nous le faisions depuis plusieurs mois déjà.

Je serai toujours près de toi pour te venir en aide, mais les réponses à tes questions te viendront à travers des moments d'inspiration ou lorsque tu joueras une de mes compositions, comme celle qui porte ton nom[2].

Cette fois, c'est la voix de Grégoire qui résonna contre les murs de la cour à ciel ouvert. Élise n'eut pas le temps d'avouer à son amie qu'elle venait tout juste de faire la connaissance d'un autre fantôme bienveillant.

— Tout le monde vous cherche, dit l'adolescent. Un peu tôt pour commencer les visites touristiques, vous ne trouvez pas ?

— On avait besoin de parler, c'est tout, rétorqua Sophie.

— Ah ! Les filles !

Élise et Sophie se laissèrent entraîner bras dessus, bras dessous vers le réfectoire.

— Vous n'êtes sans doute pas au courant des dernières nouvelles, dit-il en réglant son pas sur celui de ses deux compagnes. Diego a entendu un reportage à la radio. Il y a eu un vol au musée où nous avons vu la momie de la Princesse des glaces.

— Qu'est-ce que les voleurs ont pris ? demanda Sophie.

— Il paraît qu'ils ont défoncé un mur extérieur et ont suivi un labyrinthe souterrain qui les a menés dans la salle super secrète où nous étions. Ils n'ont rien pris, sauf un livre qui contenait le testament de Rumiñahui. Tout ça pour du papier. Pas trop futée, cette « bande d'ectoplasmes à la noix de coco ». Si au moins, ils avaient pris de l'or ou des armes.

— Blunier est derrière cette histoire.

— Tu as raison Élise, ça ne peut être que lui, dit Sophie.

____

2. Tiré du roman *Élise et Beethoven*.

   La rançon d'Atahualpa

– Si Blunier s'est emparé de ce document, cela confirme qu'il veut retrouver le trésor des Incas. Ce geste malheureux causera sa perte.

– Que veux-tu dire, Élise ? demanda Grégoire.

– Je vous expliquerai plus tard. Courons avaler quelque chose puisque nous partons dans une demi-heure pour aller voir les condors.

CHAPITRE 18

El condor pasa

Dans le réfectoire du couvent, Diego se leva de table pour prendre la parole.

— Ce matin, nous allons monter jusqu'à la Croix du condor, dans le canyon de Colca, pour y observer le vol du plus grand oiseau de proie d'Amérique. Ensuite, nous irons déjeuner au village de Cabanaconde. De là, nous descendrons à pied par un chemin muletier accroché aux parois du canyon, jusqu'au village de San Juan. Au bord de la rivière Chili, des moniteurs professionnels vont vous expliquer les différentes manœuvres de rafting et les mesures de sécurité. Nous passerons ensuite deux heures sur la rivière, où vous allez pouvoir contempler de très jolis paysages, car elle serpente entre les volcans Misti et Chachani. Quelqu'un peut-il me dire pourquoi on appelle Arequipa la ville blanche ?

Sophie leva tout de suite la main.

— En préparation pour ce voyage, je devais faire de la recherche sur trois sujets, dont l'histoire de la ville d'Arequipa. J'ai appris que son nom vient de la pierre de lave dite *ashlar* ou *sillar*, en espagnol. Elle a été utilisée pour la construction des maisons, des églises et d'autres bâtiments depuis le 16e siècle. La plupart existent toujours aujourd'hui.

« Entre autres choses, l'eau de l'intérieur de certains de ces volcans est utilisée pour les bains thermaux. On dit qu'elle a des propriétés curatives. L'activité volcanique a beaucoup influencé la vie de cette ville, puisque de fréquents tremblements de terre venaient bouleverser la paisible existence de ses habitants. Le volcan Chachani est maintenant éteint ; quant au Misti, il est presque inactif. »

Tous les élèves se mirent à applaudir. Grégoire chuchota à l'oreille d'Élise :

– Comment... ?

– Je sais, dit Élise en lui faisant un sourire moqueur... peut-on ne pas aimer une fille aussi brillante ?

– Merci, Sophie, dit Diego. Je suis vraiment touché par l'intérêt et la curiosité que vous portez à l'histoire et à la culture de notre pays.

*   *
*

Une fois les bagages rangés et tout le monde à bord, l'autobus grimpa jusqu'à l'Altiplano, une des plus hautes régions habitées au monde, en passant par un col à 4 900 mètres d'altitude, avant de redescendre dans le canyon de Colca. Le groupe s'installa dans un amphithéâtre rocailleux au bord de la falaise. Aussi fascinés qu'envoutés, les jeunes voyageurs restèrent assis longtemps à observer le plus gros oiseau terrestre planer au-dessus de leur tête.

— En plein vol, expliqua Diego, les ailes déployées du condor ont une envergure de presque quatre mètres. Cet oiseau est en fait un énorme vautour à collet blanc. Au Pérou, il est d'ailleurs emblématique pour les Incas et vénéré de tous.

* *

*

Après le déjeuner dans le village de Cabanaconde, vêtus de leur gilet de sauvetage, coiffés de leur casque protecteur et armés de leur pagaie, les élèves descendirent jusqu'à la rivière. Chaque groupe de quatre prit place dans un radeau pneumatique non motorisé, pour la première heure d'entraînement. Depuis la poupe, le moniteur professionnel mena Élise, Grégoire, Sophie et Mme Simard à travers les premiers rapides des eaux les moins turbulentes de la rivière. Satisfait de leurs progrès, Miguel autorisa le départ sur la rivière dans des passages mouvementés de niveau 3 à 4, ajoutant quelques émotions à leur balade.

Plus ils avançaient, plus ils s'éloignaient des trois autres embarcations. La rivière s'enfonçait vers un canyon qui interdisait tout écart de navigation. Ils approchaient maintenant d'une zone vive où l'eau tournoyante et tumultueuse avait usé une gorge entre deux énormes rochers.

— Il faut modifier notre parcours ici, cria leur guide à tue-tête, pour se faire entendre et couvrir le bruit des eaux déchaînées. À cet endroit, la profondeur est de plus de dix mètres.

Les passagers du radeau signalèrent qu'ils avaient bien compris le danger. À coups synchronisés d'avirons, ils virèrent de bord et s'engagèrent sur un autre versant de la rivière. À cet endroit, les eaux apaisées les poussèrent doucement vers un passage étroit s'ouvrant sur un lac cristallin, où se déversait une magnifique chute d'eau, semblable à une coulée de feu. L'effet était créé par la lumière du soleil couchant passant de l'air à l'eau. La réfraction des rayons les reflétait à l'intérieur de la chute et suivait la totalité de la cataracte.

— Oh! Wow! s'exclamèrent les trois adolescents, émerveillés.

— On dirait de l'or liquide, observa Mme Simard. Ce pays est plein de surprises.

Le guide dirigea le radeau vers la berge et sauta à terre. Sans avertissement, il brandit un pistolet et, de sa voix rauque, ordonna à tous les occupants de descendre de l'embarcation.

— Allez par là! Et n'essayez pas de jouer les héros.

— Nous voilà dans de beaux draps! marmonna Mme Simard.

— Je dirais dans une belle impasse, commenta Grégoire. Allez-vous nous tirer dessus?

— Jeune homme, vous feriez mieux de vous taire, l'avertit Miguel. En ce moment, vous êtes mal placé pour négocier.

— Vous ne trouvez pas que vous exagérez un peu! protesta Grégoire.

— J'ai reçu des ordres.

Cette remarque de l'instructeur tétanisa les otages. Ils étaient à la fois abasourdis et indignés par ce dernier aveu.

Élise, Grégoire, Sophie et Mme Simard marchèrent à pas hésitants vers la chute d'eau, incertains de ce qui les attendait.

— Avancez ! Avancez ! leur intima l'homme en les poussant sur un étroit sentier qui disparaissait derrière le mur en cascade. Ils parvinrent à une échelle appuyée contre un trou béant, ouvert sur un gouffre noir.

— Pourquoi finissons-nous toujours sous terre, dans des grottes, des tunnels[3] ou des catacombes ? gémit Grégoire.

— Taisez-vous ! cria leur ravisseur.

Grégoire passa le premier. Il voyait à peine et les barreaux de l'échelle étaient glissants. Il frissonna à la pensée du vide sous ses pieds. « Que ferait le capitaine Haddock dans une situation pareille ? se demanda-t-il, pour se donner du courage, en s'imaginant accroché aux cordages d'un grand voilier. Voilà un exercice périlleux, que les marins appréhendent particulièrement. Mais parfois, un matelot n'a pas d'autres choix, lorsqu'il faut monter dans la mâture pour déferler ou affaler les voiles. »

— Ça y est, j'ai touché le sol ! proclama-t-il à ses compagnes, du fond de la galerie souterraine.

Tout à coup, des chauves-souris vampires passèrent et repassèrent au-dessus de sa tête, en le frôlant dans leur vol fou et saccadé. Il n'arrivait pas à deviner ce qui avait pu provoquer cette ruée vers la sortie.

— Je refuse de descendre dans ce trou ! protesta Sophie, à la vue de la colonie de chauves-souris sortant de leur repaire pour prendre leur vol nocturne.

Le museau noir du pistolet pointé sur sa poitrine la dissuada de résister. Lorsqu'elle arriva en bas, Grégoire chuchota dans le noir.

---

3. Voir *Élise et Beethoven*.

— On retrouvera peut-être nos ossements dans cinq cents ans, nos phalanges entrelacées, ton humérus contre mon fémur, ton crâne contre ma clavicule. Les archéologues se pencheront sur leur découverte en affirmant que nous n'étions que de pauvres paysans, à cause de l'absence de riches offrandes dans notre sépulture. Et nos os seront placés dans une boîte de carton comme un casse-tête accumulant de la poussière sur les tablettes d'un musée quelconque !

— Grégoire, tu n'es vraiment pas drôle et le moment est mal choisi.

Dans l'obscurité, les deux adolescents aperçurent les lueurs vacillantes des flambeaux qui illuminaient de plus en plus les parois de la grotte. Lorsque leurs yeux s'ajustèrent à la clarté du feu des brandons, ils discernèrent trois formes humaines qui s'avançaient vers eux. Ils reconnurent d'abord Dragana, vêtue d'un borla royal dont les franges lui tombaient sur les yeux. Cette parure lui donnait une sorte de beauté hiératique. Plus troublante encore était sa robe en peau de chauve-souris, dont la texture paraissait aussi douce et lisse qu'un velours gris acier.

Elle était flanquée de deux bandits, sans doute évadés de prison. Grégoire et ses amies avaient déjà eu des démêlées en Europe avec ce genre de sales types, les gros bras du Dr Blunier.

— Vous voilà enfin ! dit Dragana de sa voix mielleuse, susurrante mais en même temps déterminée. Il était grand temps que vous arriviez ! Le Maître commençait à s'impatienter.

En mettant le pied sur le dernier barreau de l'échelle, Élise pivota sur elle-même, au risque de se casser le cou.

— Vous ! Pourquoi ne suis-je pas surprise ?

Mme Simard la suivait de près, mais descendait avec plus de prudence. Grégoire ne put s'empêcher de narguer les deux sbires à côté de Dragana.

— Elle croit pouvoir se fier aux services de « ces bougres d'ectoplasme à roulettes ».

Ils lui lancèrent des regards obliques et menaçants.

Ignorant les commentaires de l'adolescent, Dragana se montra plutôt contrariée par la présence de Mme Simard.

— Miguel, cria-t-elle au guide resté à la surface. J'avais bien dit de ne kidnapper que les trois adolescents ! Mes directives étaient simples et claires comme de l'eau de roche !

— Oui, princesse. Mais, il fallait quatre passagers par radeau, à cause du nombre d'élèves. La dame a insisté pour monter...

— Je suis entourée d'une bande d'abrutis. Faut-il que je fasse tout moi-même ? Fais disparaître le radeau et reste là pour surveiller l'entrée ! C'est compris ?

Ils entendirent s'éloigner les pas de l'homme, mais l'échelle resta en place.

— Suivez-moi ! ordonna Dragana.

Les quatre prisonniers, suivis des deux crapules, entrèrent dans un tunnel qu'on aurait dit creusé naturellement par un torrent, tellement les murs étaient lisses. À chaque pas, les otages voyaient la retraite des brigands se transformer peu à peu en véritable caverne d'Ali Baba. Contre les parois de la voûte, il y avait des coffres remplis de milliers de pièces d'or, des figurines humaines de grandeur nature, des oiseaux et une variété d'animaux, des fleurs et des épis de maïs... Les quantités de bijoux... les urnes et les vases en or remplis d'émeraudes et de pierres précieuses constituaient le plus incroyable du parcours.

— C'est le trésor décrit par Valverde, chuchota Élise.

— Comment le sais-tu ? demanda Sophie.

— Tu te souviens de ce que nous a raconté le docteur Guillermo Velásquez, au Musée de la nation.

— Silence vous deux ou je fais un malheur ! cria Dragana.

— Plus démone que ça, elle aurait des cornes, ronchonna Grégoire entre ses dents.

— Je ne suis pas du tout d'humeur joyeuse, aujourd'hui. Alors, ne vous avisez pas de recommencer vos manigances et vos vieilles combines. Vous êtes nos prisonniers et il n'y a pas d'issue.

La menace eut pour effet de faire défiler Mme Simard, Élise, Grégoire et Sophie les uns derrière les autres, comme des moutons de Panurge.

CHAPITRE 19

Le Prince des ténèbres

Les prisonniers et leur escorte s'engagèrent dans un long tunnel. Après une centaine de mètres, la galerie prit soudain un virage vers la droite, pour s'élargir et mener à une grotte voûtée aux dimensions de cathédrale. Du plafond pendaient des stalactites de formes variées. À la lueur des flambeaux, ces concrétions rocheuses prenaient des couleurs et des formes bizarres, plutôt sinistres. Tantôt elles ressemblaient aux doigts crochus d'un ogre, tantôt elles se transformaient en fines dentelles blanches, tandis qu'à d'autres moments, sous le vacillement des flammes, elles se métamorphosaient en crocs acérés d'une gueule monstrueuse.

Soudainement, une immense dalle de pierre se déplaça. Un flot de lumière artificielle provenant de la brèche les aveugla, révélant le passage d'une grotte encore plus grande. Les prisonniers, une fois habitués à la clarté, prirent conscience des dimensions de la salle et des sculptures étranges en or massif qui représentaient des chauves-souris à tête d'homme sur corps de *coraquenque*. Cet oiseau incaïque aux plumes colorées brodé sur un

La rançon d'Atahualpa

borla était un insigne distinctif de royauté. Élise se souvenait d'en avoir vu l'image dans un des musées de Lima.

– Prenez le temps d'admirer cette vue époustouflante, dit Dragana. N'est-ce pas merveilleux de voir ce que l'on peut réussir avec quelques lingots d'or!

En effet, les murs scintillaient de mille feux et la large enceinte était bondée de gens vêtus comme des revenants de l'ancienne civilisation des Incas. La foule silencieuse était prosternée autour d'une pierre centrale surmontée d'un pilier en or lui-même terminé par un cube vitré, dans lequel reposait un ancien manuscrit. Élise reconnut tout de suite le testament de Rumiñahui.

Devant l'escalier d'un trône, quatre veilleurs à ponchos rouges, la tête recouverte du bonnet à oreillettes, étaient courbés face contre sol, si bien qu'on pouvait à peine distinguer leur visage. Sur les premières marches de porphyre couleur pourpre qui descendaient jusqu'au peuple, seuls trois gardiens du temple, le crâne en forme de cône, se tenaient debout. Ils étaient vêtus d'un pagne et d'une tunique de vigogne[4] fine comme de la soie, à laquelle venait s'ajouter une cape cérémoniale. Derrière, un degré plus haut et debout lui aussi, se tenait le Dr Blunier. Il portait une tunique grise semblable à celle de Dragana et une énorme cape rouge, ornée d'une profusion d'or et sertie de pierres précieuses. Coiffé d'un borla surmonté de plumes multicolores, il avait au cou le plastron

---

4. Laine fine fabriquée à partir du poil d'un petit lama sauvage des hautes montagnes du Pérou.

cérémonial que Dragana avait subtilisé au Musée de l'or.

— Vous avez vu « l'Inca de carnaval », pouffa Grégoire.

De haute stature, Blunier se fraya un chemin parmi ses nombreux disciples, jusqu'à l'endroit où se tenaient les nouveaux venus. Chacun s'effaçait avec respect ou avec terreur sur son passage. Il frappait à droite et à gauche ceux qui ne s'écartaient pas assez vite, créant un grand remous dans la foule. Devant ses visiteurs réticents, il frisa sa grosse moustache et un large sourire montra ses dents éclatantes de blancheur. Ses canines étaient particulièrement pointues, lui donnant une expression cruelle.

— Cette fois, je vous tiens, dit-il. Rien ni personne ne pourra venir à votre secours.

Tous les visages maintenant tournés vers eux étaient menaçants. Au milieu de ces gens hostiles, Élise, Sophie, Grégoire et Mme Simard surent que, pour eux, la nuit s'annonçait terrible, une nuit qu'ils n'oublieraient jamais.

Au même moment, une étrange musique s'éleva d'un rideau suspendu derrière le trône. Un des gardiens du temple gravit les marches et tira sur un cordon doré pour faire glisser le rideau jusqu'au sol, révélant un joueur de flûte en or, debout entre deux cages. La première, à sa droite, renfermait un condor ou vautour noir, reconnaissable à sa tête rouge sombre presque déplumée. Une collerette de duvet blanc lui cernait la base du cou. Peu inquiet de sa captivité, il se régalait d'un gros morceau de charogne. Dans la cage de gauche, un chaman assis les jambes en ciseaux tenait à deux mains les barreaux de sa prison. La mine déconfite, il semblait se demander pourquoi on le retenait là.

Le joueur de flûte fit entendre une note stridente et aiguë qui perça les oreilles de tout le monde.

— Depuis des jours, le pauvre musicien joue de sa flûte presque sans interruption, dit le Dr Blunier. Je crois qu'il commence à s'énerver. Voyez-vous, si rien ne se passe d'ici quelques heures, il sera sacrifié à l'aube.

— Vous blaguez! Vous ne pouvez pas faire ça! Il n'a rien fait! protesta Élise.

— Le Prince des ténèbres ne blague jamais! gronda-t-il.

— Difficile à croire avec son déguisement, rétorqua Grégoire.

— Silence ou je fais un malheur! cria Dragana.

Elle empoigna le bras d'Élise et lui dit à l'oreille, de sa voix mielleuse :

— Allons! Tu vas nous dire ce qu'on doit tirer de la flûte d'or et du chaman, sinon les restes de ton petit ami Grégoire pourraient servir à engraisser le condor.

Les quatre captifs échangèrent un regard d'effroi.

CHAPITRE 20

Recherche et sauvetage

Entre-temps, Miguel était remonté dans le radeau pneumatique. À grands coups de pagaies, il traversa le lac cristallin pour s'engager de nouveau dans le versant de la rivière qui l'avait mené jusqu'à la chute. Il dépassa la zone où l'eau tournoyante et tumultueuse avait usé un canyon entre deux énormes rochers et signala aux autres groupes de venir le rejoindre dans le cours d'eau plus calme. Il accosta et les attendit. Lorsque Diego mit le pied à terre, Miguel lui tomba dans les bras.

— Tout s'est bien passé ?

— Exactement comme nous l'avions prévu.

M. Unancha descendit de son radeau et s'inquiéta.

— Diego, où sont les autres ?

— Dans le repaire des brigands de Blunier. Pour le moment, ils sont en sûreté.

— Quoi ? Ai-je bien entendu ?

— N'ayez crainte. Ils ne courent aucun danger. Nous avons orchestré leur kidnapping pour tendre un piège à Blunier et ses complices.

– Et vous me dites de ne pas m'en faire ? Non mais... Si je comprends bien, vous n'étudiez pas du tout l'histoire et l'archéologie à l'Université de Lima.

– Oui, mais à temps partiel. Mon frère Miguel et moi faisons partie des Services de protection du patrimoine de notre pays. Depuis l'arrivée de Blunier au Pérou, une vague de pillages a eu lieu dans nos musées. En un peu plus de trois mois, trente-quatre vols y ont été signalés. Les objets en or subtilisés ont une valeur inestimable et datent du règne d'Atahualpa, le dernier prince des Incas. Dans leur coup le plus spectaculaire, les malfaiteurs ont défoncé un mur extérieur et suivi le labyrinthe souterrain menant à la rotonde où se trouvait le testament du général Rumiñahui. Ils ont volé le manuscrit sans prendre autre chose.

– Comment pouvez-vous savoir, sans l'ombre d'un doute, que Blunier a perpétré tous ces crimes ?

– Parce qu'à son insu, il a recruté plusieurs de nos agents d'infiltration. En ce moment même, ils se cachent parmi ses disciples, ses receleurs et ses complices. Nos espions ont dû participer à certains crimes, comme vient de le faire Miguel au mépris de son sens moral.

– Diego, je sais que Blunier trouve toujours des complices, mais pourquoi parlez-vous de disciples ?

– Attendez que je vous explique, professeur. Le 24 juin prochain, à Cuzco, se tiendra le festival annuel Capaq Inti Raymi, ou la fête du grand Soleil. On y célèbrera le nouveau cycle de l'année inca. Des milliers de personnes y interviennent chaque fois, en dansant et en jouant du tambour. Les participants prennent leur rôle très au sérieux.

La cérémonie commence face au Coricancha[5], où le nouvel Inca fait une invocation au Soleil. Entre-temps, les spectateurs attendent l'arrivée du cortège sur l'esplanade de Sacsayhuamán. On procède ensuite au sacrifice d'un alpaga. La fête prend l'allure d'une véritable bacchanale de couleurs, de musiques et de danses.

— Et comme dans tout mouvement d'affirmation culturelle, précisa M. Unancha, il y a des fanatiques.

— Vous avez bien deviné. En se disant la nouvelle incarnation d'Atahualpa, Blunier n'a eu aucune difficulté à recruter de pauvres exaltés souffrant de zèle perverti. De véritables légions ont afflué vers son temple dans les montagnes.

— Je parie qu'il leur a fait croire qu'il possédait le secret du trésor du dernier prince.

— C'est exactement de cette façon qu'il les a dupés.

— N'était-ce pas un peu risqué de se servir d'Élise comme appât ? s'enquit le professeur d'histoire, en jetant un regard de travers à Miguel.

— Comme je vous l'ai déjà dit, plusieurs de nos agents se trouvent sur place et veillent sur elle, ses amis et madame Simard. Le trio d'adolescents et leur enseignante sont malgré eux les hôtes du Prince des ténèbres, comme Blunier tient à se faire connaître. C'était un risque calculé. Après avoir identifié Dragana dans l'affaire du plastron cérémonial, nous avons obtenu sur Interpol les détails de l'histoire qui s'était passée en Allemagne.

---

5. L'ancien Temple du Soleil, sur lequel les Espagnols ont érigé le couvent San Domingo.

– Et vous avez conclu que Blunier s'en prendrait à l'adolescente pour qu'elle ne fasse pas de nouveau rater son plan ?

– C'est exact, monsieur Unancha. Cet homme souffre vraiment de la folie des grandeurs, déclara Miguel.

– Certes, mais à ce qu'en disent Élise, Grégoire et Sophie, c'est aussi un homme dangereux et il pourrait leur arriver malheur.

– Je vous assure que nous avons pris toutes les précautions nécessaires, s'interposa Miguel. Je vais rester sur les lieux cette nuit pour surveiller tous leurs mouvements. S'il se passe quelque chose, au premier signal, tout un contingent sera mobilisé pour venir en aide aux prisonniers. La capture de Blunier sera immédiate. Lui et sa bande vont se retrouver derrière les barreaux *ad vitam aeternam*. Pour le moment, on ne peut qu'user de patience.

– Je suggère que nous reprenions notre trajet, proposa Diego. Nous devons faire un portage pour contourner le canyon. Ensuite, nous suivrons la rivière jusqu'au prochain village, de là un véhicule va nous ramener à l'hôtel. Après une journée comme celle-ci, tout le monde aura besoin d'une bonne nuit de sommeil. Miguel nous tiendra au courant des moindres changements.

M. Unancha, toujours sceptique et méfiant, était aussi conscient des besoins de ses autres élèves. Il se plia aux conseils de Diego et rentra avec eux.

CHAPITRE 21

La mort va venir !

Le joueur de flûte d'or soufflait maintenant un lugubre *de profundis*.

— Pas très gaie sa musique. D'après toi, je vais devenir le prochain repas d'un charognard diurne ou être sacrifié comme la petite Princesse des glaces ?

— T'en fais pas, Grégoire. Ce condor ne mange que des animaux morts et il préfère le fumet particulier du gibier en début de décomposition, le rassura Sophie. Et tu l'as dit l'autre jour, tu es disqualifié automatiquement pour les sacrifices humains.

— Je me sens BEAUCOUP mieux maintenant !

— Y a pas de quoi, chuchota Sophie, en riant sous cape. Écoute, on va trouver moyen de sortir de ce nid de vipères. On a déjoué Blunier une fois. Avec un peu de renfort, on y arrivera de nouveau.

— Silence, vous deux ! ordonna Dragana. Qu'on les enferme. Ils ont jusqu'à l'aube pour se décider.

— Non, attendez. Qu'on m'apporte la flûte !

Dragana fit signe au deuxième gardien du temple, au crâne en forme de cône, d'apporter l'instrument.

Élise en essuya le bec sur sa chemise et se mit à jouer l'air que Coyllur lui avait appris dans la cour du couvent de la ville d'Arequipa.

Émue par la douce musique, la foule se prosterna face contre sol. En provenance de la voûte, une étincelante colonne de lumière bleue inonda la pierre centrale surmontée d'un pilier en or et illumina l'ancien parchemin. Le livre s'ouvrit et des lueurs chatoyantes s'échappèrent du texte.

— Otez-moi ça immédiatement ! cria Blunier.

Les trois gardiens du temple soulevèrent la lourde verrière et Blunier se rua sur le document. Avant qu'Élise n'ait le temps de l'avertir du danger, le Prince des ténèbres laissait courir ses doigts sur les pages. Au bout d'un moment, il rejeta la tête en arrière et son rire démoniaque résonna contre les parois de l'immense grotte.

— Je sais maintenant où se trouve le trésor d'Atahualpa ! s'écria-t-il.

En un geste dramatique, il s'enveloppa de sa cape et dit, avant de se retirer pour la nuit :

— Qu'on enferme les prisonniers, nous partirons à l'aube !

* *

*

Grégoire faisait les cent pas au fond du cachot qui avait toutes les commodités d'une chambre d'hôtel.

— À l'aide d'un tumi[6], ils vont m'ouvrir la poitrine et le corps. Avec leurs mains, ils vont en sortir mon cœur, mes poumons et mes viscères. La cérémonie se poursuivra par la lecture de l'avenir dans mes entrailles, puis elle se terminera par la crémation du sacrifié. Élise et Sophie, vous me promettez de ramener mes cendres au Canada.

— Ah, arrête de jouer à la « diva du drame » ! dit Sophie. Personne ne va t'éviscérer. Ce n'est pas de cette façon que se passaient les sacrifices humains. C'était un lama que les Incas sacrifiaient comme ça une fois l'an, pour prédire si les récoltes seraient bonnes.

Grégoire fit un sourire mi-figue mi-raisin et, avant qu'il ne puisse dire un mot, Élise le devança :

— Oui, je sais. Comment peut-on ne pas aimer une fille aussi géniale ?

Ils se mirent à rigoler, mais réprimèrent ce moment de joie lorsqu'ils entendirent la clé tourner dans la serrure. Trois gardiens à têtes coniques entrèrent avec des plateaux de nourriture digne d'un festin royal, qu'ils déposèrent sur l'unique table de la pièce.

— Nous sommes des amis de Diego, chuchota le premier, en enlevant le chapeau en latex couleur chair qui donnait à sa tête sa forme pointue.

Les otages restèrent saisis en voyant cette transformation et en entendant le nom de leur guide.

— Nous sommes ici pour vous protéger, dit le second.

---

6. Couteau à lame semi-circulaire utilisé lors des sacrifices, avant la conquête des Espagnols.

— Il faut manger et bien vous reposer, dit le troisième. Vous aurez besoin de toutes vos forces pour la longue route qui vous attend.

Mme Simard ouvrit la bouche pour parler, mais leurs trois protecteurs portèrent l'index à leurs lèvres, avant de quitter l'oubliette.

* *
*

Le ventre plein et rassurés par les bonnes paroles de leurs visiteurs, les détenus poussèrent un soupir de soulagement collectif. Tout à leur bien-être, ils discutèrent paisiblement de la quête de Blunier. Les richesses qu'ils avaient vues ne constituaient donc pas le trésor intégral. Perplexes, mais sous l'effet d'une baisse d'adrénaline, ils s'installèrent dans leurs lits superposés, étonnamment confortables. La tête à peine sur l'oreiller, tous quatre dormaient déjà comme des marmottes.

CHAPITRE 22

Poudre de perlimpinpin

Dès les premières lueurs du jour, un coq se mit à chanter. Élise se précipita à la porte du cachot pour y coller l'oreille. Elle s'attendait à la voix de la petite Princesse des glaces, au lieu de quoi elle entendit Dragana pester.

— Va-t'en, sale bête ! Peut-être que demain, tu finiras dans le ragoût qui bouillonne déjà sur le feu. Comment ce coq est-il entré ici ? Je n'arrive pas à saisir la logique du Maître. Pourquoi garder ce chapon qui nous réveille au beau milieu de la nuit ? Cet homme est complètement marteau !

Elle déverrouilla la porte et ordonna à tout le monde de la suivre.

Dans la salle du trône, couché sur un palanquin en or, le Dr Blunier se démenait comme si son corps avait été saupoudré de poil à gratter. Dragana empoigna Élise par le bras, en l'admonestant.

— Il a pris sa douche ce matin, comme d'habitude. Depuis, voyez dans quel état il est. Puisque tu connaissais la mélodie secrète de la flûte d'or, tu dois avoir en ta possession la recette du remède miracle pour sa guérison.

– Il n'aurait pas dû se laver, précisa l'adolescente. C'est l'eau qui a déclenché la réaction.

– La réaction à quoi ?

– À un poison à base de spores imperceptibles.
Le manuscrit est imbibé de champignons toxiques
invisibles à l'œil nu.

– Pourquoi n'as-tu rien dit pendant qu'il le
lisait ?

– Je n'en ai pas eu le temps. Le docteur Blunier
s'est rué sur le document avant que je puisse dire
un mot. Dès que ses doigts en ont effleuré les pages,
le mal était fait.

– Si tu peux décrire l'effet du poison, tu dois
en connaître l'antidote.

– Ce n'est pas aussi simple que ça, Dragana.
Les Incas l'ont créé pour empêcher que le trésor
ne tombe entre les mains d'hommes comme le
docteur Blunier. La substance agit lentement sur
le système nerveux. Ignorant qu'elle est infectée,
la personne se livre à sa routine quotidienne.
Malheureusement, le simple contact de l'eau sur
la peau produit un effet domino. Les démangeaisons bénignes du début se transforment, au bout
de quelques heures, en tumeurs inflammatoires
perçant à travers la peau, pour bientôt former des
cloques et des pustules.

Mme Simard intercéda en faveur du malheureux.

– Si vous permettez ! Je suis experte en sciences
et, selon mes connaissances, plus particulièrement
en biologie, un empoisonnement aux spores de ce
genre requiert un traitement. Le pauvre bougre a
de la chance, il n'aura ni vomissements de sang ni
hémorragies, comme dans le cas d'un empoisonnement aux champignons vénéneux. Il faut plutôt lui

appliquer un onguent ayant les bonnes propriétés. Je vais avoir besoin du chaman que vous détenez prisonnier. Lui seul peut m'aider à identifier les ingrédients du remède et les étapes à suivre dans sa préparation. Libérez-le immédiatement !

— Il y a autre chose, ajouta Élise.

— Quoi encore ! Vous n'avez pas fini de me casser les pieds ? grogna Dragana contre les nouveaux renseignements.

— L'antidote agit seulement si le patient veut se repentir, sinon la mort pour lui sera particulièrement atroce, sans pardon ni pitié, répéta Élise de mémoire, en espérant que la menace de Collyur ferait son effet.

— Alors, je crois que le pauvre est condamné, affirma Dragana. Même s'il regrettait ses crimes, je ne vous autoriserais pas à le sauver.

— Vous ne pouvez pas faire ça !

— Ne soyez pas naïve, Élise. Le docteur Blunier me confie tous ses secrets, depuis le temps que nous faisons équipe. Mon père a travaillé pour lui pendant des années, sans jamais réussir à faire fortune. Puisque je connais maintenant l'emplacement du trésor d'Atahualpa, je ne laisserai pas la chance me filer entre les doigts. Je deviendrai la femme la plus riche du monde et la souveraine de ce peuple.

— Elle est aussi débile que lui, cette « chouette mal empaillée » ! lança Grégoire.

— Taisez-vous ou je fais un malheur ! hurla Dragana. Vous allez me livrer le secret de cette pommade puisque je dois moi aussi consulter le testament pour avoir des données plus précises.

— J'insiste pour que vous libériez le chaman, s'obstina Mme Simard, en se tournant vers les trois adolescents et en leur faisant un clin d'œil. C'est lui qui possède la recette du contrepoison.

— Oui, renchérit Grégoire, c'est lui qui a le secret de la poudre de perlimpinpin.

À court de solutions, Dragana goba l'appât.

— Vous restez là, dit-elle. Je vous l'envoie. Mes gardes Anatolie et Boris seront à votre service. Ils vous apporteront tous les ingrédients voulus.

— Impossible, il faut se rendre à Cuzco, souligna Mme Simard. C'est sur les étals du marché que le chaman pourra trouver toutes les herbes, les huiles, les graines et les plantes nécessaires à la préparation de l'antidote. Ce n'est rien de compliqué, sauf que le dosage doit être exact, sinon les symptômes seront accélérés et la mort sera horrible, la vôtre autant que celle de Blunier.

En silence, Dragana les regardait de ses grands yeux verts. Elle hésita quelques secondes. Les captifs crurent qu'elle vacillait entre deux choix. Au bout d'un long moment, elle tourna sur ses talons et disparut. Les prisonniers furent reconduits à leur cachot et la porte claqua derrière eux.

Quelques minutes plus tard, Dragana fit jouer la serrure et entra, accompagnée de ses gardes. Anatolie poussait le chaman devant lui. Le pauvre homme trébucha et tomba dans les bras de Grégoire qui amortit sa chute.

— Préparez-vous, la prof de sciences et l'archéologue en herbe, vous partez avec le sorcier dans dix minutes, décréta la Russe.

— Et nous ? demanda Élise.

— Toi et ta copine allez rester bien sagement enfermées. Si Grégoire, le chaman et madame Machin essaient de se sauver, vous risquez ceci.

Les fixant de ses yeux perçants et cruels, elle passa l'index sur son cou, comme la lame d'un très long couteau.

CHAPITRE 23

Concoctions et hallucinations

Sur les ordres de Dragana, les trois prisonniers, escortés par Anatolie et Boris, ses gros bras russes, montèrent l'escalier en colimaçon derrière le trône. Au sommet de la grotte, ils sortirent sur une plate-forme en plein air, où l'hélicoptère déjà en marche les attendait. Le vol vers Cuzco dura à peine deux heures. Les patins de l'appareil se posèrent dans la cour du couvent de San Domingo. Les touristes qui visitaient les lieux crurent voir arriver d'importants dignitaires.

— Demandez au chaman à quel marché il faut se rendre. Nous n'avons pas de temps à perdre, décréta Boris.

Seul à pouvoir s'adresser à lui en espagnol, Grégoire lui posa la question et leur donna tout de suite la réponse :

— On doit aller au marché de San Pedro. Il connaît bien la ville et saura nous y conduire.

— Rappelez-vous que nous sommes armés, les prévint Anatolie. Pas de sales tours, pour essayer de nous déjouer.

Tout le monde suivit le chaman à pas cadencés dans les dédales des rues étroites, entre les maisons à façade blanche et au toit de tuiles rouges. Au bout d'un moment, la petite délégation entra dans le plus grand marché couvert de la ville, sur l'avenue Tupac Amaru.

Le chaman se rendit tout de suite au stand de médecine traditionnelle. Devant la table, il y avait une rangée de grands cactus. Comme il allait les toucher, Grégoire fut averti de ne pas les manipuler.

— Qu'est-ce qu'il t'a dit, à propos des cactus ? demanda Mme Simard.

— De ne pas même les effleurer, parce que le cactus San Pedro a des vertus hallucinogènes.

— C'est vrai. Plusieurs tribus amérindiennes l'utilisaient, et l'utilisent toujours, pour atteindre un état de spiritualité et de clairvoyance qui permet de trouver les causes inconnues d'une maladie chez un individu.

— Inutile de s'en servir pour dépister de quels maux souffre le docteur Blunier.

— Tu as raison, Grégoire. Sa folie et sa convoitise ont bien évidemment mené à sa déroute. Son attitude est parfaitement incompréhensible pour les Incas. À leurs yeux, l'or représentait le reflet du Soleil sur la Terre. Ils ne l'entassaient pas pour s'enrichir, mais en fabriquaient des objets usuels : des bijoux, des clochettes, des parures pour les cheveux, des bols et des gobelets. Ils vivaient entourés d'or. Des fragments de ce métal précieux scintillaient au fond des cours d'eau et au milieu des cailloux. Des veines aurifères couraient même le long des parois rocheuses.

– Vous voulez dire que l'or pour eux était un cadeau de leur dieu et sa valeur était liée à sa beauté et à son utilité ?

– Précisément, tandis que pour les Espagnols, l'or signifiait la fortune pour faire la guerre et dominer les autres.

L'adolescent venait de saisir l'ampleur du choc des cultures entre deux protagonistes tragiques : le souverain Atahualpa, un véritable dieu vivant qui régnait sur un immense territoire, et Francisco Pizarro, un soldat, illettré, pauvre, mais ambitieux, n'ayant que le goût de la conquête et des expéditions. La voix de Mme Simard le tira de sa méditation.

– Grégoire, tu veux demander ce qu'on doit se procurer pour l'antidote ?

Il s'empressa de répéter à son enseignante la longue liste des ingrédients.

– Vous devez acheter de la griffe de chat, du cresson de savane, du mapou et du cacorne zombi, de la racine, des feuilles et des fruits de Corossolier, des fleurs d'oranger, des graines de roucou, du corail végétal, des amandes, de l'ail, du jus de chou, de l'huile d'olive, de la cire d'abeille et du café.

– Et pourquoi le café ? Est-ce pour le contrepoison ?

– Non, le pauvre homme veut simplement prendre un petit remontant pour se remettre de son incarcération.

– Je salue également l'idée. Je ne crois pas que Boris et Anatolie seront du même avis.

– On peut toujours le demander pour lui.

La réponse fut catégorique.

— Pas question ! Puisque les emplettes sont terminées, il faut rentrer immédiatement, riposta Boris.

Ainsi, ils reprirent la route en direction du couvent de San Domingo. L'hélicoptère les attendait. Mme Simard monta à bord la première. Lorsque Grégoire posa le pied dans l'habitacle, le pilote releva sa casquette, baissa ses lunettes et lui fit signe de garder le silence. L'adolescent poussa Mme Simard du coude et lui fit un geste discret. Elle reconnut Diego illico. Anatolie et Boris, les deux nunuches, n'avaient rien remarqué d'anormal. Une fois le chaman installé dans son siège et tous les sacs rangés, l'appareil décolla.

Grégoire s'était empressé de prendre place à côté de leur guide retrouvé, en prétextant qu'il lui arrivait de souffrir du mal de l'air.

— Il faut absolument que je m'installe devant pour voir à la fois le ciel et le sol de la fenêtre inférieure. Je dois avoir un peu d'air en ouvrant la fenêtre coulissante, si vous ne voulez pas que je dépose une quiche sur vos espadrilles en plein vol.

— Ça va ! Ça va ! Mais, nous t'avons à l'œil, gronda Anatolie.

Grégoire en profita pour apprendre comment Diego s'était glissé dans l'hélicoptère. Encore une fois, son talent pour l'espagnol lui rendait service. Ni Mme Simard ni les gardiens russes n'en comprenaient un mot.

— Nous avons été avisés de votre venue à Cuzco. Les policiers ont déferlé de tous les coins de la cour où vous vous étiez posés, à une telle vitesse que le pilote n'a pas eu le temps de réagir. Les agents l'ont maîtrisé et mis en état d'arrestation.

– Heureusement pour nous, car il aurait pu alerter les autres.

– En dépit du risque, nous devions agir. Tantôt, tu avertiras tes amies de se préparer à fuir. Tu pourras retrouver la sortie ?

– Oui, et l'échelle, si je me souviens bien, est toujours là.

– Miguel vous guidera en lieu sûr.

– Mais c'est lui qui nous a livrés au docteur Blunier !

– Je n'ai pas le temps de tout vous expliquer, il vous mettra au courant. Nous avons un plan d'attaque bien établi. Je vous donnerai le signal de quitter les lieux lorsque le moment sera venu. Il ne faudra pas hésiter un instant et vous devrez avancer à la vitesse de l'éclair.

Boris se mit à râler.

– Mais, qu'est-ce que vous baragouinez, vous deux ? Parlez pour qu'on puisse vous comprendre.

– On parlait de la pluie et du beau temps, dit Grégoire. J'étudie l'espagnol depuis quelques mois et c'est vraiment *cool* de pouvoir parler avec un locuteur de la langue cible.

– La langue quoi ? demanda Anatolie.

– Cible, comme but, objectif... Vous voyez ? Non ?

Voyant le regard fixe et vide des deux andouilles, Grégoire s'empressa d'ajouter :

– Je vais me taire maintenant.

Et le reste du trajet se passa en silence.

CHAPITRE 24

Mea culpa

En fin d'après-midi, l'hélicoptère se posa sur la plateforme au-dessus de la salle du trône. Dragana vint à sa rencontre. Les pales tournantes la décoiffèrent. Bien qu'elle trépignât d'impatience, elle prit le temps de remettre de l'ordre dans ses cheveux. Elle ouvrit la porte de l'appareil pour faire le compte des passagers. Satisfaite, elle avisa le pilote de faire le plein d'essence et de rester sur place. Puis elle s'adressa à Mme Simard, en lui faisant signe de la suivre.

— Vous n'avez eu aucune difficulté à trouver ce qu'il vous fallait ?

— Non, nous avons tout.

Les deux gardes poussèrent Grégoire vers la sortie. Le chaman suivait de près, heureux d'avoir de nouveau les pieds sur terre.

— Et vous, s'enquit Dragana auprès des deux fiers-à-bras, vous les avez suivis comme leur ombre sans les quitter des yeux ?

— Soyez-en assurée, princesse, dit Boris. Tout s'est déroulé comme prévu. Impossible pour eux de nous déjouer.

– Allons, nous n'avons plus une minute à perdre. Il faut tout de suite me mitonner l'antidote.

Dans la grande salle, tous les achats furent déposés sur une table installée pour l'occasion. Au milieu de l'assortiment de mortiers, de flasques et d'éprouvettes, le chaman et Mme Simard se mirent à l'œuvre. Dranaga notait chacun des ingrédients et les proportions utilisées dans la mixture au parfum d'eau de marais et à la texture d'huile de moteur sale.

Le Dr Blunier, étendu sur son palanquin en or, commençait à attirer les mouches et à sentir la fleur de rafflésie[7]. L'odeur était insupportable, à tel point qu'Anatolie tourna de l'œil. Les disciples de Blunier prirent la fuite, terrorisés par son apparence. Il était couvert de lésions d'où émanait un liquide purulent.

– Qu'on emmène les autres prisonniers ! ordonna Dragana. Plus de niaisage avec la rondelle, comme vous dites si bien chez vous. Il est temps de mettre mon plan à exécution.

Élise et Sophie arrivèrent, escortées par les gardiens à têtes en forme de cône. Les deux adolescentes entendirent l'écho du dernier mot prononcé par Dragana.

– Est-ce qu'elle a dit exécution ? leur demanda Grégoire.

– Non, elle a dit mettre son plan à exécution, le rassura Élise.

– Ah bon, c'est mieux. Mais, qu'est-ce qui sent si mauvais ?

Sophie pointa le Dr Blunier.

– Il commence à sentir le sapin.

---

7. Fleur qui a une odeur de cadavre.

— Grégoire Mercier! Le pauvre homme doit souffrir horriblement. Il a bien sûr commis une erreur funeste, mais il faut faire quelque chose pour l'aider.

Voyant Mme Simard et le chaman tous les deux penchés sur leur table de travail, Élise souffla :

— Le remède dont il a besoin sera bientôt prêt.

— Mais, tu as dit que cette potion agit seulement sur ceux et celles qui veulent se repentir, n'est-ce pas ?

— Oui, Sophie. Je peux toujours essayer de convaincre Blunier de renoncer à sa mégalomanie.

— Voilà un défi de taille. Il sera difficile pour un homme comme lui de vouloir changer en profondeur, puisqu'il se dit le Prince des ténèbres. Ne te souviens-tu pas de ce que les psychiatres allemands ont dit ?

— Bien sûr que si. Il souffre d'un dédoublement de personnalité.

— Et lorsqu'il assume l'identité d'un personnage, il y croit dur comme fer.

— Je sais, Sophie, mais il faut tout tenter.

— Je suis d'accord avec Élise, dit Grégoire. Dans son état, un acte de contrition sera la seule planche de salut pour Blunier.

À la table où se déroulait la leçon de science, Dragana suivait chacun des gestes de Mme Simard et du chaman, fascinée par les processus de fabrication. Ils avaient d'abord pulvérisé et mélangé toutes les plantes médicinales pour ensuite fabriquer un macérat huileux, à base de cire d'abeille. Mme Simard lui livra les quantités requises, sans nécessairement lui révéler l'ordre dans lequel les poudres avaient été ajoutées.

— Nous vous avons préparé un onguent.

   La rançon d'Atahualpa

– Pourquoi un onguent et pas un cataplasme ?

– On se sert de cataplasmes pour soigner des douleurs ou une bronchite. Cette mixture grasse est plus facile à étendre sur la peau. Avec la chaleur de l'épiderme, elle a tendance à ramollir pour amener les propriétés médicinales des plantes en surface.

Voyant les adolescents s'approcher du palanquin en or, Mme Simard entreprit de distraire Dragana par de nouvelles explications.

– Vous savez qu'il est de plus en plus difficile de trouver des cires d'abeille de bonne qualité, qui ne sont pas polluées. Une grande partie vient de Chine ou d'Europe de l'Est. Nous en avons heureusement trouvé qui provient des ruches du Pérou. Si vous avez un tant soit peu étudié la chimie, vous avez appris que la cire d'abeille est un corps gras et que la plupart des toxines sont liposolubles.

Mme Simard eut droit à un regard vague.

« Une ruche située dans un endroit pollué produira de la cire regorgeant de polluants de toutes sortes. Avec votre teint clair et votre épiderme fragile, étendre ce produit sur votre peau serait de la folie, n'est-ce pas ? »

Pendant que Dragana se faisait examiner le visage par Mme Simard, Élise se pencha pour parler au Prince des ténèbres. Elle lui chuchota :

– Docteur Blunier, vous croyez sans doute que je vous veux du mal, mais c'est tout le contraire. Il est possible de contrer les ravages de cette malédiction foudroyante, mais vous devez me faire confiance.

– Je vous ordonne de me guérir !

– Ce n'est pas aussi simple que ça. Il y a des conditions. D'abord, vous devez tout de suite renoncer à trouver le trésor d'Atahualpa.

– Des conditions ? soupira-t-il, troublé mais encore défiant. Il n'en est pas question, pourquoi te croirais-je, petite peste ?

– C'est le seul moyen de guérir. Sinon, vous allez mourir d'ici quelques heures.

– N'y a-t-il pas autre chose à faire ? Je peux t'obliger à faire cesser mon martyre. Sinon, je vais tous vous liquider !

– Inutile de protester et de nous faire des menaces. Renoncer à votre plan est un incontournable, insista l'adolescente. Vous avez quelques minutes pour réfléchir.

L'affligé se mit à gémir. Une bataille se livrait en lui. Au bout de quelques secondes, vaincu par la douleur, il eut l'air de céder.

– Je ne veux pas mourir. Je suis prêt à faire ce que vous voudrez.

– Acceptez-vous de renoncer à vos plans de trouver le trésor d'Atahualpa.

– Je vous donne ma parole.

Élise ne savait si Blunier était sincère ou non, mais elle dut se contenter de la promesse qu'elle venait de lui arracher.

*   *

*

Devant les ballons à bouillir et les béchers, le compte-goutte à la main, Mme Simard s'amusa à agir comme conseillère en produits de beauté.

– Dragana, nous pouvons aussi vous fabriquer un onguent à base d'émulsine, une enzyme utilisée en cosmétiques. Votre peau, en plus d'être nourrie, sera à la fois protégée et hydratée.

Complètement dépassée, Dragana se passa la main sur le visage.

— À première vue, continua Mme Simard, on pourrait penser la crème supérieure à l'onguent. En pratique, le choix dépend de l'usage que l'on veut en faire. L'onguent est plus facile à produire et beaucoup plus stable puisqu'il ne contient aucune base aqueuse. De plus, les bactéries ne peuvent pas se développer dans les préparations à 100 % grasses. Ce facteur augmentera la durée de vie de votre produit.

— Avec un onguent comme celui-ci, dit Dragana, je pourrais faire fortune. Les femmes partout dans le monde recherchent la substance miracle contre le vieillissement et les rides.

— Heu… Si vous le fabriquiez à grande échelle, oui.

— Allez ! Emballez-moi tout ça. Je ne veux plus jouer à la Princesse des ténèbres.

— Vraiment ? Qu'avez-vous l'intention de faire alors ?

— Je ne vais pas passer ma vie en prison pour un trésor que personne n'a réussi à trouver encore. Et, quand je vois l'état où se trouve Blunier, je ne veux pas risquer de fouiller dans le testament de Rumiñahui.

— Pas réussi à trouver ? Mais qu'en est-il de tous les objets en or entassés dans cette salle et dans le tunnel y conduisant ?

— Du papier mâché et de la peinture dorée. Le vrai trésor se trouve dans une banque à Lima, où nous avons des complices. Il fallait bien trouver des choses pour passer le temps avec les disciples de Blunier. Vous imaginez, passer des journées entières sans voir le soleil. C'était la mort en vacances. Alors, j'ai adapté mes recettes de décoration intérieure aux lieux et donné des ateliers de bricolage. Pas mal du tout comme effet. J'ai un talent particulier pour ce genre de chose. On m'a toujours dit que mes conceptions d'intérieurs étaient à la fois séduisantes et attrayantes.

— Et les pierres précieuses ?

— Que de la vitre colorée.

Dragana tendit la main avec autorité. Mme Simard lui remit un énorme pot d'onguent, tandis qu'elle prenait soin d'en cacher un deuxième derrière son dos.

— Je vous quitte, dit-elle. Vous êtes tous libres. Faites comme il vous plaira.

Suivie de Boris et d'Anatolie, Dragana emprunta l'escalier en colimaçon et parvint à la plateforme où Diego s'affairait. Elle s'empressa de monter à bord de l'hélicoptère dont il venait de remplir le réservoir. Il fut surpris de les voir arriver, mais aussi ravi que Dragana et ses gros bras viennent, à leur insu, se livrer aux autorités du pays.

　　　　　　　　　　　La rançon d'Atahualpa

Jours 7 et 8

De Cuzco
à
Machu Picchu

CHAPITRE 25

Libération

Il fallut quelques instants à Mme Simard et aux autres pour reprendre leurs esprits. Elle fit signe au chaman d'apporter ce qui restait de l'onguent qu'elle et lui avaient si soigneusement préparé. Le corps du Dr Blunier en fut enduit et au bout d'une heure, les rougeurs commencèrent à s'atténuer. Les lésions se refermèrent et l'odeur de chair infectée se dissipa peu à peu. Chambranlant et affaibli, le patient accepta enfin de se mettre debout.

De l'hélicoptère, Diego envoya un message en espagnol à l'un des trois gardiens à tête conique. Il fit croire à Dragana qu'il devait entrer en communication avec la tour de contrôle de l'aéroport de Cuzco, pour les informer de leur arrivée.

Quand le gardien espion livra le message qu'il n'y avait plus aucun danger et qu'il était temps de quitter les lieux, personne ne protesta. Le deuxième gardien à tête en forme de cône s'empressa d'envelopper le manuscrit pour l'emporter sans le toucher. Le troisième alluma des flambeaux et appuya sur une clé d'arc au-dessus de la porte de sortie. L'immense dalle se déplaça, ouvrant ainsi le passage vers la liberté.

La lueur des torchères permettait de voir suffisamment pour faire à rebours le chemin vers l'échelle. Grégoire s'avança d'abord prudemment, pour que ses yeux s'accoutument à la pénombre de la grotte aux dimensions d'une cathédrale. Flanqué des gardiens mis en place par Diego, il prit la tête du cortège, derrière le coq. Mme Simard et Élise soutenaient le Dr Blunier, toujours un peu chancelant, tandis que Sophie les suivait de près. Le chaman fermait la marche.

Ils tournèrent ensuite à gauche, puis entrèrent dans le tunnel où, sur plusieurs mètres, se trouvait entassé le faux trésor. Sophie s'arrêta un instant pour ramasser un morceau de verre coloré en guise de souvenir. Elle le mettrait dans sa boîte d'objets insolites en rentrant à la maison. Elle dut ensuite presser le pas pour ne pas se retrouver toute seule dans le noir. Rendus à mi-chemin, les rescapés furent aveuglés par la lueur d'une lampe de poche.

— N'ayez crainte ! En fait, je suis le frère de Diego. Nous avions comme mission de tendre un piège au docteur Blunier et vous deviez être l'appât, Notre plan a bien fonctionné. Nadia, Boris et Anatolie sont montés à bord de son hélicoptère et Diego est allé les livrer aux autorités de Cuzco. Il m'a envoyé un message pour venir vous chercher. Oh ! Vous avez bien piètre allure. Que vous est-il arrivé ?

— C'est que ces deux derniers jours ont été tumultueux, dit Mme Simard, en remettant un peu d'ordre dans ses cheveux en bataille.

    La rançon d'Atahualpa

— Vous vous êtes regardé dans le miroir ? lança Grégoire, fâché contre l'homme qui les avait livrés au Dr Blunier.

— Pardon, mais on dirait que vous avez été vraiment malmenés, s'excusa Miguel.

— Notre séjour en captivité n'a pas été une sinécure, si vous voulez le savoir. Nous faisons tous un peu négligés, dit Mme Simard.

— Je comprends et je le regrette. Diego et moi avions pour mission de vous livrer à Blunier, mais seulement pour débusquer l'ennemi public numéro un de notre pays. Tôt ou tard, il allait s'en prendre à vous. Nous avons plutôt choisi d'orchestrer votre capture pour pouvoir mieux contrôler la situation.

— Cette petite aventure n'a pas été un pique-nique ! Ni du gâteau ! Ni du billard !

— Ça va Grégoire, je crois qu'il a compris, dit Élise.

— Je lui en veux de nous avoir livrés à cette bande de… de… « va-nu-pieds ! D'anthropopithèques ! De mitaines pas de pouce ! De macrocéphales ! »

— Il ne faudrait pas nous insulter ! s'offusquèrent les trois gardiens aux têtes en forme de cône.

— Ne vous en faites pas, depuis le début de ce voyage, il se prend pour le capitaine Haddock, expliqua Sophie.

— Il a sans doute lu *Le Temple du Soleil*, dirent à l'unisson les gardiens en pouffant de rire.

— C'est le quatorzième album de nos bandes dessinées préférées, ajouta l'un d'eux. Saviez-vous qu'Hergé s'est inspiré de plusieurs lieux bien réels, dont la forteresse de Sacsahuamán, la ville de Cuzco et la citadelle du Machu Picchu ?

Grégoire se laissa amadouer.

— J'ai bien hâte de les visiter en toute tranquillité, au cours des prochains jours.

— Le voyage a été un peu plus mouvementé que prévu, mais tu avoueras, Grégoire, qu'on s'est plutôt amusés, enchaîna Sophie d'un ton jovial.

— Tu as raison. Mais sortons d'ici, sortons d'ici au plus vite ! Je donnerais n'importe quoi pour un *macchiato* au caramel.

— Et moi, un *mochaccino* au chocolat blanc.

— *Me viendra bien un buen café frappucino glacé y frappé*.

Surpris, Grégoire se tourna pour regarder le chaman, qui lui fit un clin d'œil en posant son index sur sa bouche, tandis que ce commentaire faisait sourire les autres. Seul le Dr Blunier continua à se plaindre de la longue marche.

— Encore un petit effort, nous y sommes presque, le rassura Mme Simard.

Quelques minutes plus tard, chacun prit place dans le pneumatique et l'expédition se mit en route pour refaire en zodiac le chemin parcouru à l'aller. Une fois le lac cristallin traversé, Miguel dirigea l'embarcation dans le versant de la rivière qui les avait menés jusqu'ici. À l'endroit où l'eau tournoyante et tumultueuse avait usé un canyon entre deux énormes rochers, tout le monde dut descendre sur la berge. Le guide et les trois gardiens transportèrent le radeau le long d'un court portage, pour contourner la dangereuse gorge. De nouveau sur la rivière, les rescapés se laissèrent entraîner par le courant jusqu'au prochain village.

Impossible pour eux de profiter de la splendeur des paysages aperçus à chaque méandre. Tous avaient l'esprit préoccupé par la tournure que prendrait le reste du voyage. Élise, Grégoire et Sophie voulaient retrouver leurs amis et oublier la façon dont Dragana les avait traités. Mme Simard voulait rejoindre M. Unancha et les autres élèves pour terminer le voyage qu'elle avait longuement planifié. Miguel et son équipe, redoutant d'autres mauvaises histoires avec le Dr Blunier, voulaient le voir à cent lieues de leur pays. De son côté, le chaman espérait reprendre ses communications avec les esprits de l'air, de l'eau et de la montagne, pour rétablir son équilibre et continuer de protéger sa communauté. Sachant qu'il se retrouverait au fond d'un cachot, le Dr Blunier élaborait un nouveau plan de fuite, à ses risques et périls.

Un peu en amont, le bateau accosta sur une rive de sable et les occupants montèrent dans une fourgonnette à quinze passagers, pour le trajet routier vers la capitale de l'ancien Empire inca.

Le soir venu, aux portes de la ville de Cuzco, le Dr Blunier fut accompagné par les trois gardiens et Miguel pour être incarcéré dans l'infirmerie de la prison où se trouvaient déjà Dragana et ses complices, Anatolie et Boris. Le chaman s'empressa de rentrer chez lui pour retrouver sa famille.

Quand Grégoire, Élise, Sophie et Mme Simard poussèrent enfin la porte de leur gîte, des cris de joie retentirent dans le foyer de l'hôtel. Ils furent accueillis comme des vedettes. Surpris, les prisonniers libérés riaient et pleuraient à la fois. Tout le monde s'embrassait et un véritable festin les attendait dans la salle à manger.

— Ce n'était qu'un mauvais rêve! s'exclama Sophie. Imaginons que nous avons fait un mauvais rêve!

— Parfaitement d'accord, affirma Élise. Le cauchemar est fini. On ne peut qu'espérer que nous n'entendrons plus parler de Blunier et sa bande.

— Vous ne courez plus aucun danger! dit M. Unancha. Je vous le dis et un Inca ne manque jamais à sa parole! Le reste de votre visite se passera sans incident.

— C'est le moins qu'on puisse espérer, dit Mme Simard.

Grégoire tressaillit et serra nerveusement la main de Sophie.

CHAPITRE 26

Où se cache le trésor ?

Dans un passage secret au bout d'un labyrinthe de corridors, les trois gardiens à tête conique se tenaient au garde-à-vous. Dans l'immense rotonde du Musée de la nation, sur une table en or au centre de la pièce, trônait le testament du général Rumiñahui, de nouveau en lieu sûr. Toutes les traces de l'effraction et de la brèche dans le mur produite par la charge d'explosif plastique C-4 avaient complètement disparu. Un nouveau système antivol, créant une pression positive à l'intérieur du couvercle en verre, avait été mis en place. Le calme était revenu dans les services de sécurité de la ville de Lima.

* *

*

Au cours du petit déjeuner sur la terrasse surplombant la ville de Cuzco, Diego et M. Unancha prirent quelques minutes pour rassurer tout le groupe à nouveau : le reste du voyage se passerait sans mésaventures. Ils en profitèrent pour témoigner de la bravoure de Mme Simard, d'Élise, de Sophie et de Grégoire en soulignant leur rôle dans la capture du Dr Blunier et ses complices, tristement célèbres pour leur réputation de voleurs d'œuvres d'art et leurs crimes notoires.

À la sortie de table, le trio d'inséparables ne tenait plus en place après avoir été enfermé comme des lapins en cage pendant deux jours. Ils avaient hâte de continuer leur voyage dans l'espoir de faire de nouvelles découvertes.

Plus tard en matinée, les jeunes voyageurs prirent le train qui suivrait la vallée sacrée des Incas et le cours de la rivière Vilcanota jusqu'au kilomètre 104, le départ de leur trek de deux jours. De là, les marcheurs allaient gravir le flanc de la montagne vers le Machu Picchu pour profiter de la beauté du lieu. En route, Diego leur décrivit le déroulement de leur aventure.

– Pour échapper au flot de touristes, nous allons gravir sur plusieurs kilomètres des marches de pierre conduisant au premier arrêt du site archéologique de Chachabamba, à 2 270 mètres d'altitude. Une équipe de porteurs et d'*arrieros* ou muletiers vont transporter vos bagages. Puisque nous allons dormir sur la montagne, ils se chargeront de préparer les repas et vous aideront à monter les tentes pour la nuit.

« Cette escalade n'est pas pour les téméraires. Le moindre faux pas peut être fatal. Il y a un cordon de sécurité, mais sur les hautes marches, il se peut que nous rencontrions de la neige. Je ne veux pas vous décourager, mais si vous pensez ne pas pouvoir faire le trajet, je vous encourage à rester à bord du train pour vous rendre jusqu'à Aguas Calientes. De là, vous pourrez vous rendre, dans deux jours, jusqu'au sanctuaire de Machu Picchu en autobus. »

Seule Mme Simard opta pour le confort et le service de grande classe du train et de l'hôtel.

— Je vais pouvoir enfin enfiler mon poncho et ma tuque, dit Grégoire tout souriant.

Élise et Sophie échangèrent un regard porteur du même message : « Il faut bien qu'il s'amuse un peu. Nous ne devrions pas brimer son enthousiasme en étant des rabat-joie. »

* *
*

Ce n'était pas la tranquillité d'un petit chemin dans les montagnes qui attendait les randonneurs. Plus ils grimpaient, plus les marches semblaient hautes et plus la pente semblait escarpée. Au bout d'une heure de montée ardue, Sophie et Élise commencèrent à se plaindre.

— Je n'aurais jamais dû, dit l'une en s'accrochant au cordon fixé à la paroi de la montagne.

— Tu n'aurais jamais dû quoi ? demanda Grégoire.

— Je n'aurais jamais dû croire que je pourrais faire cette escalade, dit Élise.

— Et moi, j'aurais dû rester à bord du train comme Mme Simard, geignit Sophie.

— Vous voilà devenues de vraies poules mouillées, protesta Grégoire. Après tout ce que vous avez enduré ! Toutes les épreuves que vous avez vécues et tous les moments par lesquels vous êtes passées ! Allons, un peu de courage ! Encore un petit effort et nous allons installer le camp pour la nuit. Je vais pouvoir vous prouver que mon poncho me gardera au chaud en montagne même si la température tombe sous zéro.

— As-tu pensé à apporter une bougie pour l'allumer à l'intérieur de ton poncho ? demanda Sophie.

— Heu… non.

— Alors, tu peux toujours garder ton poncho, mais je crois que tu devras te fier aux textiles modernes de ton sac de couchage pour l'étanchéité et l'isolation thermique, en attendant tranquillement que le soleil se lève, dit Élise, arborant un large sourire.

CHAPITRE 27

La Porte du Soleil

À la lumière zodiacale, les randonneurs dévorèrent leur petit déjeuner puis levèrent le camp. Ce matin-là, leur trek allait les mener à la Porte du Soleil.

Sac au dos, les bottes couvertes de poussière et de boue, les excursionnistes semblaient un peu désorientés dans les premiers rayons du soleil, mais heureux d'avoir enfin atteint leur but. Depuis leur poste d'observation, ils voyaient les voûtes du feuillage filtrer les premières lueurs matinales, comme une poussière d'or suspendue et diffuse au-dessus de la ville de Machu Picchu.

Diego ouvrit la marche pour descendre vers le célèbre sanctuaire historique et archéologique.

— Vous allez disposer de toute la matinée pour découvrir librement tous les recoins de ce lieu, dont le nom évoque l'aventure et résonne toujours de son aura de mystère. Je vous mets en garde, car à cette altitude, l'air est raréfié. Avec un surplus d'activité physique, il se peut que vous ressentiez de la fatigue ou des nausées. Faites quelques pauses, si vous en avez besoin. Mais, je vous encourage à grimper dans les volées d'escaliers des terrasses. On y cultivait jadis le maïs et les pommes de terre. Ensuite, allez vous perdre dans le dédale des temples : ceux de l'eau, du soleil et de la place centrale. Explorez les corridors du palais, de la tombe royale, et la demeure de la princesse. Il ne faudra pas manquer l'Intihuatana ou l'horloge solaire et enfin le rocher funéraire.

« Il y a des guides partout sur le site, arrêtez-vous pour les écouter. Ils se feront un plaisir de vous expliquer comment se déroulait la vie dans la citadelle, ainsi que les cultes et les cérémonies pratiquées par les Incas dans les nombreux temples et les lieux sacrés. »

Grégoire, tellement excité par l'idée de se trouver dans la citadelle inca, sentait son cœur battre la chamade. Ne voulant pas perdre une minute, il tira une carte numérotée de son sac à dos et dit à ses amies :

— Il y a quinze sites importants à voir à partir du temple principal jusqu'à la prison. Je vais commencer par l'horloge solaire.

— Je veux absolument voir le palais royal et la tombe, déclara Sophie. Et toi, Élise ?

— De mon côté, je vais visiter la demeure de la princesse.

— Et si on se retrouvait dans une heure au rocher funéraire, ça vous irait ? s'enquit Grégoire. C'est ici, dit-il en indiquant le lieu sur la carte. Ensuite, on pourra explorer le reste du site ensemble.

— Excellente idée, dit Sophie.

— Entièrement d'accord, dit Élise.

Les trois adolescents prirent chacun une direction différente.

*   *

*

À l'entrée du Palais de la princesse, un guide donnait des explications à un petit groupe d'étudiantes venues de France. Élise se glissa parmi elles pour écouter.

— Machu Picchu était un sanctuaire pour la civilisation inca, selon les études des anthropologues, des experts et des historiens. Après l'arrivée des conquistadors espagnols, ce lieu a servi à donner asile aux princesses vierges de l'Empire, les princesses du Soleil ou *Ñustas*.

Les jeunes filles échangèrent des regards à la fois affligés et étonnés.

« Ces théories sont basées sur des fouilles archéologiques. Les restes humains découverts dans les chambres funéraires de ce bâtiment appartenaient à de jeunes femmes n'ayant jamais donné naissance. »

Les étudiantes posèrent plusieurs questions sur le rôle des femmes dans la culture inca et sur la famille royale. Une fois les réponses données, elles suivirent le guide pour faire la visite du temple central. Élise resta seule dans les ruines pour examiner les détails du Palais de la princesse, qui faisait deux étages. Sans toit ni vestige du plancher supérieur, elle pouvait voir la construction solide des murs de roches finement taillées.

Dans un coin ombragé, un geste familier et des couleurs attirèrent son attention.

— Coyllur, je croyais...

En sortant de l'ombre à la lumière, la Princesse des glaces était éblouissante. Elle était toujours coiffée de son chapeau-galette concave et rond, orné d'une large bande brodée de figures géométriques de toutes les couleurs. À la main, elle tenait un éventail fait de plumes, qu'elle agitait dans un mouvement de va-et-vient, cherchant à produire un courant d'air pour se rafraîchir.

– Tu croyais ne jamais plus me revoir. Pourtant, je suis là. Ouf! je n'ai plus l'habitude du soleil.

Élise lui sourit.

– Les esprits bienveillants semblent de nature capricieuse et imprévisible, à ce que je vois.

– Que veux-tu dire?

– Au couvent de Santa Catalina, tu étais venue pour me gronder d'avoir révélé un des indices à Dragana.

– En effet, mais quand tu m'as expliqué qu'elle vous avait fait des menaces, j'ai changé d'avis. J'ai compris que tu courais un réel danger.

– C'était affreux la prise d'otage, l'empoisonnement du docteur Blunier et la luciférienne Dragana. Heureusement qu'il y avait mes amis, madame Simard, le chaman, les gardiens avec leur tête en forme de cônes et Diego. Sans eux, je ne sais pas ce que je serais devenue.

– Tu oublies le coq.

En y pensant, Élise se mit à rire.

– Tu l'as trouvé drôle?

– C'était plutôt tordant de voir à quel point il pouvait la rendre dingue. Dragana tempêtait contre le pauvre oiseau avec de tels éclats de colère qu'elle en perdait les pédales.

– Les pédales?

– Chez nous, ça veut dire devenir fou ou perdre la boule, la boussole ou le nord, comme dirait Grégoire.

     La rançon d'Atahualpa

L'apparition hésita un moment comme si elle réfléchissait et partit dans un grand éclat de rire.

– Je viens de saisir. Ce garçon a été bien brave dans toute cette histoire. Dommage que... je ne sois plus en chair et en os.

Élise échangea un doux regard avec la Princesse des glaces. Coyllur reprit :

– Puisque vous avez réussi à détourner les plans du docteur Blunier et à protéger la rançon d'Atahualpa, je dois te révéler l'emplacement du trésor.

– Mais, Coyllur, est-ce une bonne idée ?

– Tu ne cours plus aucun risque. Viens, suis-moi.

Du Palais de la princesse, Élise marcha dans les pas de Coyllur. Longeant l'un des murs, elles empruntèrent un escalier qui menait à une petite porte, au sommet plat de l'édifice. De là, elles accédèrent à une antichambre qui communiquait avec la tour du Temple du Soleil.

– C'est là que se trouve le trésor ?

– Pour trouver la réponse, tu dois dégager le gros bloc de pierre qui fait office de porte d'entrée.

Coyllur et Élise accédèrent à la tour par un escalier menant à une porte à double jambage, fermée par un système de sécurité dont n'existaient que les restes. Le bâtiment principal était construit sur une grande roche finement polie.

« Sous cette pierre se trouve une immense grotte. Les archéologues pensent qu'il s'agit d'un mausolée, utilisé par les nobles comme une grande niche pour le repos des momies. Encore une fois, les chercheurs ont loupé la coche avec leurs théories de quatre sous. »

Élise, examinant la masse de granite, était à la fois troublée et perplexe.

– Coyllur, je ne suis pas assez forte pour déplacer une pierre de cette taille et je ne veux plus voir de momies !

– Ne te fais pas tant de soucis. Ce n'est pas un endroit pour les morts, mais pour les vivants. Tu dois simplement trouver la réponse à une devinette.

– Une devinette ? Je suis encore moins douée du côté devinette. Si tu le permets, je peux aller trouver mes amis et leur demander de m'aider.

– Écoute d'abord ce que je vais te dire. Premier indice : il ne se rouille ni ne se souille.

Élise reformula la phrase dans sa tête.

– Deuxième indice : il devient coton sans cesser d'être fer.

– … coton et fer.

– Troisième indice : on peut en faire un fil mince comme un cheveu pour entourer tout un village, dit Coyllur, en traçant une ligne en cercle autour d'un village imaginaire. Quatrième indice : il est le socle du savoir, le trône de la sagesse ; mais si vous confondez le socle et le savoir, il tombe sur vous et vous écrase ; soyez le cavalier de la fortune et non son cheval.

Élise fixa Coyllur en écarquillant les yeux, pendant ce qui lui sembla une éternité.

– Je ne sais pas ! avoua-t-elle enfin, sur un ton qui trahissait sa frustration.

– Voyons, tu es… aussi, sinon plus intelligente… que tes amis.

L'adolescente se mit à faire les cent pas, lorsqu'elle vit au loin ses deux amis.

– Ils sont là-bas. Je sais qu'ils trouveront tout de suite la réponse.

– Élise, tu n'as qu'une seule chance. Pense à la folie du docteur Blunier.

Un frisson la traversa, elle était agitée et presque au bord des larmes, lorsque tout à coup, elle balbutia la réponse.

– Ça y est… J'ai trouvé… C'est… de… de… l'or! C'est de l'or!

Par magie, l'immense pierre se souleva. Élise, incertaine de ce qui l'attendait, suivit Coyllur, comme un caniche, dans l'escalier de pierre qui menait à une immense voûte souterraine. L'endroit s'étendait dans toutes les directions sous la ville de Machu Picchu.

– On dirait une des sept merveilles du monde! s'écria Élise, médusée par le véritable trésor d'Atahualpa. Comment est-il resté caché depuis si longtemps?

Les parois scintillaient de monticules d'or et d'argent où s'entassait une multitude d'objets, tels des couronnes et des boucliers. Il y avait la plus belle orfèvrerie qu'on puisse imaginer datant des périodes artisanales incas et préincas. Elle vit un trône, des fontaines en or massif, à proximité un troupeau de vingt lamas en or, des figurines de bergers stylisées de grandeur nature veillant sur eux. Elle distingua des oiseaux et d'autres animaux… des fleurs et des épis de maïs d'or et d'argent, des coupes et la plus incroyable quantité de bijoux… des urnes, des plats et des vases en or finement ciselés et décorés remplis d'émeraudes et de pierres précieuses et des coffres débordant de milliers de pièces d'or et d'argent.

– Il fait vingt-cinq fois la rançon perçue par les conquistadors. Tu vois Élise, après la mort du général Rumiñahui, les Espagnols dépensèrent toutes leurs énergies à satisfaire leur soif du pouvoir et à accumuler d'autres biens. Ils préférèrent laisser aux aventuriers la tâche de mettre la main sur le trésor qui semblait non seulement insaisissable, mais introuvable. La citadelle de Machu Picchu demeura un secret bien gardé.

— L'endroit parfait pour cacher un trésor sous leur nez, ajouta l'adolescente.

— Plutôt au-dessus de leur nez, dans les forêts nébuleuses au sommet des montagnes. Tu vois, les conquistadors ne comprenaient pas que le monde andin se compose de trois niveaux : la Hanan Pacha, le monde au-dessus de la terre, la Kay Pacha, le monde de la terre et l'Uku Pacha, le monde intérieur de la terre. C'est celui qu'ils ont oublié. Machu Picchu était difficile d'accès, impossible pour eux de s'y rendre à dos de cheval. Paresseux, ils ne voulaient pas marcher pendant quatre jours et de plus, ils redoutaient le mal des montagnes. Le reste de la rançon d'Atahualpa, une fois dissimulé, était protégé et en sécurité. Au fil du temps, la végétation luxuriante a complètement englouti la ville.

— Pourtant on a retrouvé le site, dit Élise.

— Oui, mais seulement au bout de quatre siècles. Un habitant du village de San Miguel est tombé par hasard sur les remparts de la ville en 1902. Plus tard, voulant refaire le voyage jusqu'à la ville perdue, il fut pris, en route, dans de violents orages. Lorsqu'il voulut traverser les eaux déchaînées de la rivière Urubamaba, les pluies torrentielles auraient emporté son corps.

« Ce n'est qu'en 1911, que l'explorateur Hiram Bingham retrouva le site. Muni d'informations trouvées dans de vieux documents de Manco Capac II, réfugié dans la ville après la déroute de la rébellion contre les conquistadors de Cuzco,

　　　　　　　　

Bingham entreprit d'escalader les montagnes, malgré les intempéries et des vents violents. Il reçut l'aide d'un aubergiste et d'un représentant du gouvernement péruvien. »

— J'aimerais que Grégoire et Sophie soient là pour vous entendre.

Coyllur continua son récit, comme si elle n'avait rien entendu.

— À mi-chemin, l'aubergiste questionna un montagnard dans sa hutte de paille et c'est le fils du paysan, un garçon de dix ans, qui accompagna Bingham jusqu'à ce lieu.

— Comment empêcherons-nous le trésor de tomber entre les mains d'autres chercheurs d'or comme Blunier ou de pilleurs de tombes sans scrupules, prêts à tout pour atteindre leur but ?

— Souviens-toi du quatrième indice, Élise.

— Comme tu l'as dit : « L'or est le socle du savoir, le trône de la sagesse ; mais si vous confondez le socle et le savoir, il tombe sur vous et vous écrase. » C'est pourquoi je voudrais sortir d'ici au plus vite.

— Tu as raison, l'heure avance et tes amis vont s'inquiéter de ton absence, si tu tardes trop.

— Coyllur, le trésor servira-t-il, un jour, aux gens de ton pays ?

— Oui, lorsque les gens au pouvoir apprendront à respecter les croyances et les droits des millions d'Autochtones à travers le monde.

* *
*

Élise s'aperçut que Coyllur ne l'avait pas suivie. Cette fois, sa disparition la troubla. Elle craignait de ne plus jamais la revoir. L'adolescente remonta à la surface telle une marmotte émergeant de sa tanière pour flairer un danger. La pierre se referma et l'entrée de la voûte fut scellée.

— Voilà que tu sors de terre maintenant !

— Mais non, Grégoire, je me suis tout simplement assise ici pour me reposer et profiter de la chaleur du soleil.

Grégoire se mit à examiner la grosse pierre sous toutes ses coutures. Il essaya même de la déplacer, mais rien ne bougea. À bout de patience et d'efforts, il dit à sa compagne :

— Nous t'avons attendue au rocher funéraire. Lorsque tu n'es pas venue, on s'est inquiétés. J'ai dit à monsieur Unancha que je te retrouverais, pas loin de la demeure de la princesse.

— J'ai dû perdre complètement la notion du temps. J'écoutais les guides sans regarder l'heure. Toutes les histoires étaient plus fascinantes les unes que les autres. Je te raconterai.

— Nous allons redescendre à Aguas Calientes, située à un crachat de lama d'ici.

Élise s'esclaffa.

— Toi et tes lamas !

— En fait, ils sont chouettes avec leurs yeux chocolat et leurs grands cils. Je me suis fait prendre en photo avec eux sur la colline là-bas et j'ai porté ma tuque et mon poncho.

Élise se mit à rire de plus belle.

— Cesse de rire de moi !

— Pardonne-moi, Grégoire. Je ne ris pas de toi, mais avec toi.

— Vite, il faut se grouiller. Nous devons prendre le train en fin d'après-midi, pour rentrer à Cuzco. Mais avant, il paraît qu'on va passer une petite heure dans les bains thermaux. Tu sais qu'Aguas Calientes veut dire eaux chaudes.

– Vraiment ? dit Élise, sur un ton moqueur.

Grégoire haussa les épaules et continua ses explications.

– Ces bains ont, paraît-il, des vertus thérapeutiques pour les muscles endoloris. Après notre trek en montagne, cette pause sera un agréable changement et un répit bien mérité.

Élise écoutait d'une oreille. Une autre idée lui trottait dans la tête.

– Grégoire, sais-tu comment on peut retrouver des métaux qui seraient, disons, sous la terre ?

Surpris par la question, il scruta le visage de son amie pour comprendre d'où venait son intérêt soudain pour la géophysique appliquée.

– Penses-tu chercher à ton tour le trésor des Incas ?

– Non, pas du tout. Mais, je suis curieuse de savoir comment les vrais chercheurs s'y prendraient. Pas des hommes comme Blunier, mais des savants de premier plan.

– Ils se serviraient de prospections par radars et électromagnétiques. Ces instruments peuvent révéler où se trouvent une ou plusieurs cavités, des marches, des chambres rectangulaires et des objets métalliques.

– Ah ! merci, je sais que je peux toujours compter sur toi pour me donner la réponse juste. Dans la ville D'Aguas machin, penses-tu qu'on pourrait trouver un cybercafé ? J'ai besoin de lire mes courriels, et je veux surtout communiquer avec mes parents.

– Vos désirs sont des ordres, mille millions de mille sabords.

– Je dois t'avouer, Grégoire, que moi aussi j'aime les exploits de Tintin.

– Quelle est ton aventure préférée ?

– Devine ?

– Je parie sur *Les bijoux de la Castafiore*, à cause de la musique.

– L'extrait que j'aime particulièrement, et je ne sais plus d'où il vient, c'est celui où la grande cantatrice fait de nouveau la rencontre du capitaine et lui dit : « Ravie de vous revoir mon brave arbock… heu…Harrock ! »

– Et lui de répondre : « n'roll, madame Castafiole… Harrock n'roll ! »

Les deux amis se mirent à rire à en perdre haleine et ils repartirent bras dessus, bras dessous retrouver leur groupe et leurs professeurs qui les attendaient. Élise et Grégoire riaient toujours en montant à bord d'un minibus qui allait les reconduire au village.

*　*

*

Après les sources thermales, le voyage de retour en train, d'Aguas Calientes à Poroy, dura un peu plus de trois heures. De là, un trajet de trente minutes en minibus ramena les randonneurs épuisés à leur hôtel dans la ville de Cuzco.

Jour 9

La vallée sacrée des Incas

CHAPITRE 28

Le nombril de la terre

La nuit à l'hôtel San Augustin Internacional, au cœur de la ville de Cuzco, eut pour effet de remettre tout le monde en selle. Pendant le petit déjeuner, Diego se leva pour parler au groupe.

– Ce matin, nous avons une surprise pour vous. En véhicule privé, nous allons nous rendre dans un ranch, qui sera le point de départ de votre balade équestre d'une demi-journée dans la vallée sacrée. Vous aurez la chance de monter le Paso péruvien, un magnifique cheval qui fait partie de notre patrimoine culturel. Cette race possède l'une des plus douces allures de toutes les lignées de chevaux.

Tous les élèves et leurs accompagnateurs se mirent à applaudir.

Élise poussa Sophie du coude et lui murmura.

– Regarde ! T'as vu la tête qu'il fait ?

– Ça ne me surprend pas. Il a une peur bleue des chevaux[1].

– Pourtant, il semble si brave, ajouta Élise.

---

1. Voir *Élise et Beethoven*.

– Il a essayé de vaincre sa peur. Pour lui, le cheval est une bête qui ne tient pas dans les virages et qu'il n'arrive pas à contrôler. Chaque fois qu'il a essayé de faire de l'équitation, il s'est retrouvé face contre terre, crachant de l'herbe et de la boue.

Élise toussota comme si elle avait un chat dans la gorge.

– Grégoire, si tu as la trouille, tu peux toujours rester ici et nous attendre. Nous serons de retour vers midi.

Pendant un long moment, l'adolescent se mordit la langue, parce qu'il était furieux. Il ne voulait pas perdre la face devant Sophie, qu'il aimait, et Élise, sa meilleure amie. Il ne voulait pas les décevoir et passer pour une poule mouillée, comme il les avait appelées dans les dunes de Huacachina. Élise avait trouvé le courage d'essayer de faire du surf sur le sable et elle avait échappé à Dragana Kroutine, en sautant dans la moto-dune pilotée par Mme Simard. Alors, il devait à son tour prendre le cheval par la bride et surmonter sa peur.

– Pas question ! dit-il enfin. Je vais vous suivre et faire la randonnée comme tout le monde.

* *

*

Dès 9 h, deux fourgonnettes pour dix passagers filaient à toute allure, à travers la campagne péruvienne, vers le ranch à l'entrée de la vallée sacrée des Incas. La journée débuta avec une introduction au cheval Paso, des consignes de sécurité et un moment pour se familiariser avec le nouveau compagnon de route de chaque cavalier. Montés en selle, les élèves et leurs guides allaient, sous un ciel sans nuages, contempler le magnifique paysage et les cimes enneigées des monts Chicon, Veronica et Pamahuacan.

Sur le chemin, la colonne arriva d'abord aux salines de Maras, dans un canyon profondément encaissé, débouchant dans la vallée sacrée. Tout le monde descendit de cheval pour bien voir le spectacle unique qui s'offrait à leurs yeux. Le guide local leur donna quelques détails inusités sur le site.

– Cet endroit est peu connu du public. C'est pourquoi nous avons choisi de vous le faire visiter. Deux sources d'eaux salées jaillissent des montagnes et coulent ici depuis des siècles. Des centaines de canaux mènent l'eau vers les bassins rétenteurs en terrasse, transformant un des versants de la montagne en une mosaïque composée de milliers de miroirs scintillants et colorés sous le regard du Dieu Soleil.

« Pour les conquistadors, ce lieu était aussi important que le trésor des Incas, puisque le sel était une denrée rare et précieuse à l'époque. Est-ce que quelqu'un peut me dire pourquoi le sel avait tant de valeur ? »

– On ne peut pas manger de l'or, dit Sophie.

– Bonne observation, dit le guide. Mais, il y a une autre raison.

– Le sel aide à préserver les aliments et les conquistadors n'avaient pas de frigo, se risqua une autre étudiante.

– Excellente réponse, dit l'homme le sourire aux lèvres.

*　　*
*

Les randonneurs prirent ensuite la route vers Maras, un village andin accroché au flanc de la montagne. Grégoire avait toutes les misères à suivre et sa monture trottinait à quelques mètres derrière tout le monde. Il avait beau protester, en donnant des ordres de plus en plus saugrenus, son cheval agissait comme un enfant récalcitrant. Lorsqu'il arriva aux ruines de Cheqoq, où les Incas avaient construit un système de réfrigération utilisant la circulation de l'air pour stocker les récoltes de la région, il était à bout de patience et posa le pied à terre en fulminant :

— « Espèce de mérinos mal peigné ! Sombre oryctérope ! Cyrano à quatre pattes », cria-il, hors de lui.

— Grégoire ! Ne trouves-tu pas que tu exagères ?

— Je n'en peux plus, Sophie. À chaque pas sur le dos de cette bête, mes os s'entrechoquent, je les entends couiner, grincer et crépiter.

— Prends ça *cool*. Prends pas le mors aux dents, dit Élise, narquoise.

— Très drôle ! dit Grégoire. Ce n'est pas toi qui viens de terminer mon tour de manège terrifiant, où je risquais de tomber dans le vide au bord du précipice.

— Il ne faut pas exagérer. D'abord, tu n'es pas tombé et tu sembles avoir vaincu ta peur. Encore une petite demi-heure jusqu'à l'église de Tiobamba et nous allons rentrer à Cuzco pour prendre le déjeuner.

— Sophie, tu veux dire que la balade va continuer ?

— Avoue que tu as fait du progrès. Si tu veux, je peux te montrer comment mieux te positionner pour maîtriser ton cheval.

– D'accord. Pas une seconde je n'aurais imaginé jusqu'où ce voyage me conduirait, dit Grégoire, d'une voix qui trahissait une lueur de joie.

– À qui le dis-tu. Pour le reste du trajet, tiens-toi à côté de moi et je vais te montrer comment mieux contrôler l'animal. Tu pourras le faire obéir en te servant de tes jambes et des rênes. Avec des gestes subtils, tu lui feras comprendre que c'est toi qui mènes et non l'inverse.

« Comment ne pas aimer une fille pareille ! » pensa Grégoire en venant se placer à côté de Sophie. Il avait les mains moites, plus une goutte de salive dans la bouche et ses genoux s'entrechoquaient.

– Lâche les rênes et viens te placer sur la gauche. Mets ta main sur le pommeau et le pied dans l'étrier. Tiens bien la selle de l'autre main, et hisse-toi sur le dos de ta monture.

Grégoire fit un signe de croix et s'installa bien droit en selle.

– Il ne me manque plus que mon poncho, dit-il à Sophie, en souriant.

– Maintenant, avec une légère pression du mollet contre le flanc et un petit bruit d'encouragement, tu vas le faire avancer. Au fil de ses pas, tu vas transférer ton poids soit vers la gauche ou la droite, comme si tu bougeais avec lui.

Au bout d'un moment, vissé sur son cheval, Grégoire se vit comme un des *morochucos*, les cowboys de la plaine péruvienne.

*   *

*

La visite des lieux terminée, le groupe reprit la route en direction de la forteresse inca de Sacsayhuamán, située sur les hauteurs de la ville, qui protégeait Cuzco. Son impressionnante structure, faite de pierres pesant plusieurs tonnes chacune, laissa les jeunes visiteurs sans voix. Depuis le sommet de la colline, ils profitaient d'une vue imprenable sur les toits rouges de l'ancienne ville impériale.

Vers midi, ils rentrèrent à l'hôtel pour prendre une douche et changer leurs vêtements parfumés de paille et d'odeurs chevalines. Une heure plus tard, lavés et frottés comme des sous neufs, ils se retrouvèrent dans le hall de l'hôtel. M. Unancha les attendait pour leur faire découvrir le meilleur restaurant de la ville. Il les emmena au cœur de la Plaza de Armas.

Ils passèrent devant la vitrine du restaurant Cicciolina dont M. Unancha poussa la porte. Le groupe entra dans cet établissement charmant et rustique. Aux poutres anciennes du plafond pendaient d'immenses grappes d'ail et de piments rouges séchés. Quelle ne fut pas la surprise du trio d'inséparables et de Mme Simard, en y reconnaissant un ami ! Le propriétaire n'était nul autre que le chaman retenu en captivité, comme eux, par le Dr Blunier.

L'homme ôta son tablier et courut les accueillir à bras ouverts. Grégoire se fit l'interprète.

— Que je suis heureux de vous revoir ! Entrez ! Entrez !

— Vous tenez un restaurant ? demanda Élise, incrédule.

— La différence entre le chaman et le chef est négligeable, répondit-il. Il y a des recettes et des petits plats qu'il faut mijoter. Ce sont les ingrédients qui changent un peu. Venez vous installer sur la terrasse, je vous apporte tout ce que vous voulez et c'est moi qui vous invite.

— Vous êtes trop généreux, dit M. Unancha en espagnol.

— C'est la moindre des choses, madame Simard et ces adorables adolescents m'ont sauvé la vie.

— Vous avez bien entendu, claironna Grégoire. Nous sommes adorables !

Tous les jeunes, déjà attablés, s'esclaffèrent et le déjeuner se déroula dans une atmosphère de fête. Pourtant, à la fin du repas, Élise, Grégoire et Sophie semblaient moroses.

— C'est notre dernière journée dans la ville, rappela l'un.

— Il y a des coins que je n'ai pas visités, se plaignit l'autre.

— Moi, je suis un peu triste de quitter notre ami, avoua la troisième.

Mme Simard, qui avait entendu leur conversation, les rassura :

— Ne vous faites pas tant de soucis. J'ai invité Renzo à nous rendre visite. Il m'a promis qu'il viendrait passer le mois de février chez moi. Depuis qu'il est tout petit, il rêve de vivre un hiver canadien. Il passera quelques jours avec nous, en classe, pour nous parler de sa culture et de son métier de chaman.

— Tope là ! dit Grégoire en levant la main, heureux de la nouvelle.

Élise, Sophie et Mme Simard s'empressèrent de taper à tour de rôle dans la paume ouverte du garçon.

* *
*

Après un copieux repas, M. Unancha et Mme Simard accompagnèrent le groupe d'élèves pour faire une visite de la ville en trois étapes. Ils prirent d'abord des photos de groupe sur la place centrale, un endroit vivant et animé. Plus tard, ils se rendirent à pied au Temple du Soleil pour y découvrir d'autres secrets cachés et des histoires sur les cultures inca et espagnole. En début de soirée, ils entrèrent dans le quartier de San Blas, le plus élégant de la ville avec ses rues pavées, ses vendeurs ambulants, ses concerts en plein air et ses nombreux restaurants.

Jours 10 et 11

Le lac Titicaca

CHAPITRE 29

Naviguer en kayak dans les roseaux

Le lendemain matin dans le foyer de l'hôtel, Élise et Sophie attendaient avec impatience que les autres membres de leur groupe finissent leur petit déjeuner.

— J'ai hâte de ne plus avoir à faire et à défaire mes valises, dit Élise à son amie.

Avec son sens aigu de l'observation, Sophie espionnait du coin de l'œil une dame assise dans un fauteuil, près du foyer en brique du grand salon. Elle tenait un journal à la hauteur des yeux, mais ne semblait jamais en tourner les pages.

Élise, voyant que son amie semblait distraite, suivit le regard de Sophie. Au même moment, la voix de Grégoire résonna dans le hall d'entrée.

— Comment se portent mes deux meilleures amies ? lança-t-il, en marchant vers elles comme un vieux cowboy aux jambes arquées.

Toutes les deux poussèrent un soupir sonore et levèrent les yeux au plafond.

— Je l'aimais mieux quand il avait peur des chevaux, plaisanta Élise.

– Je ne cherche pas à changer de sujet, intervint Sophie. Mais, voyez-vous la dame là-bas, dans le fauteuil vert mousse ? Elle n'a pas bougé d'un cran depuis qu'Élise et moi sommes ici.

– Elle dort peut-être les yeux ouverts, offrit Grégoire.

– Sois sérieux pour une seconde, dit Sophie.

– Je suis toujours sérieux pour les choses sérieuses. Il ne faut pas croire qu'il y a des croque-mitaines, des épouvantails ou des bonshommes sept heures qui se cachent derrière chaque journal et qui n'attendent rien de mieux que de nous sauter dessus.

– Grégoire, sers-toi de tes talents analytiques d'archéologue. Tu vois, elle porte un écouteur bouton et je te parie qu'elle a un micro, parce qu'au moment où tu es venu nous trouver, elle s'est mise à parler.

– Peut-être qu'elle se parle toute seule ou qu'elle a un ami invisible.

– Suivez-moi ! dit Élise.

D'un pas décidé, l'adolescente traversa le salon et alla trouver l'inconnue. La dame, surprise de voir les trois jeunes l'entourer, eut un sourire penaud.

– Madame, êtes-vous en train de faire de la surveillance ? demanda Grégoire.

– On ne peut rien vous cacher. Diego et Miguel m'ont avertie qu'il me faudrait des prouesses d'inventivité pour vous déjouer. Je ne suis pas très douée lorsque je dois faire semblant. Autant être franche avec vous, je suis chargée de veiller à votre sécurité.

– Pour quoi faire ? Nous ne courons plus aucun danger, lança Élise, effarée.

– En fait, c'est tout à fait l'opposé. Le docteur Blunier a réussi à fausser compagnie à ses gardiens pendant le trajet vers l'aéroport.

– Mais, je croyais qu'on l'avait déjà extradé vers l'Allemagne, dit l'adolescente.

– C'était notre intention, mais il nous a filé entre les doigts comme une anguille.

– Ce qui veut dire qu'il est toujours dans les parages ? demanda Grégoire. Et Dragana, Boris et Anatolie ?

– Ils sont aussi en liberté, confirma l'agent local de surveillance.

– Je parie que ce sont les disciples de Blunier qui ont orchestré leur fuite, affirma Sophie envahie par un sentiment d'impuissance.

– Mais il m'a promis qu'il ne se livrerait plus à des actes criminels et qu'il allait purger sa peine.

– Il a exprimé un vif regret pour les fautes commises, afin de ne pas mourir comme un rat. Souviens-toi, Élise, de l'histoire qu'il nous a racontée, lorsque nous étions tenus en otage dans les archives du musée de la maison de Beethoven[1]. Il semblait sincère et nous a fait croire qu'il était véritablement un descendant du grand compositeur.

– Tu as raison, Grégoire. Encore une fois, il nous a tous bernés, en nous faisant croire qu'il s'était repenti de ses fautes.

– Vos professeurs sont au courant de la situation. Nous leur avons conseillé de continuer le voyage, comme si tout était rentré dans l'ordre.

– Tout ceci est de ma faute, dit Élise. Je n'aurais jamais dû faire ce voyage. Tout le monde est en danger à cause de moi.

---

1. Voir *Élise et Beethoven*.

— Cesse de t'apitoyer sur ton sort. En somme, nous vivons une aventure internationale passionnante et si nous devons nous battre, nous allons nous battre ensemble.

Élise déposa un bec sur la joue de son ami et Sophie l'imita. Grégoire se mit à bégayer et à rougir.

— L'important, dit l'agent de surveillance, voulant minimiser la menace et les rassurer, est que Blunier et ses acolytes ne connaissent pas votre itinéraire exact. Il vous reste à peine deux jours de vacances dans la région. Par la suite, vous allez prendre l'avion de Cuzco en direction de Lima. D'ici là, nous lui aurons mis la main au collet.

— Ce n'est pas aussi simple que vous le croyez. Ils n'ont qu'à scruter nos pages Facebook pour savoir où nous allons. Depuis quelques jours, pour meubler nos temps libres, chacun de nous tient un carnet de voyage, dit Sophie.

— J'ai écrit que demain, j'allais avoir la chance de flotter sur un bateau de jonc sur le lac Titicaca, ajouta Élise.

*   *

*

Diego et les professeurs convoquèrent une réunion informelle avec tous les élèves, pour peser les risques de l'excursion au lac Titicaca.

— Il faut tenir compte du péril, certes, expliqua M. Unancha à bord de l'autobus, mais est-ce un motif suffisant pour renoncer à nos plans ? Si on recule maintenant, on ne fera que jouer leur jeu. Après tout, le docteur Blunier n'est qu'un pauvre type poursuivant une chimère. Le trésor qu'il cherche est bien sûr légendaire, mais personne, depuis la capture d'Atahualpa, ne l'a vu.

« Il ne faut pas que j'y pense. Coyllur m'a dit de garder le secret et je vais le faire coûte que coûte », se répéta Élise, en espérant que l'expression sur son visage ne trahirait pas ses émotions.

– Alors, votons à main levée sur l'excursion au lac Titicaca, proposa Mme Simard. Si vous avez des objections ou si vos parents s'y opposent, vous pourrez rester ici et vous aurez des policiers pour vous protéger.

Tous les voyageurs votèrent à l'unanimité pour reprendre la route.

Le trajet au milieu des immenses paysages de l'Altiplano prit quelques heures. L'autobus s'arrêta enfin dans la petite ville de Puno sur les rives du lac Titicaca. En fin de journée, le groupe quitta l'hôtel Hacienda Plaza pour faire une promenade et visiter l'endroit, en prenant le temps de s'acclimater à l'altitude.

Réveillés à l'aube le lendemain, les visiteurs partirent en vélo vers la péninsule d'où ils allaient découvrir les superbes paysages du lac et traverser des communautés rurales aymaras, en dehors des routes touristiques. Tout au long de la randonnée, leurs efforts furent récompensés par des panoramas du lac et de la Cordillère royale, en Bolivie. C'était à couper le souffle.

Plus tard en journée, de la plage de Puno, ils repartirent en kayak sur le lac Titicaca, traversant la zone de roseaux jusqu'aux îles flottantes Uros, pour pique-niquer et apprendre les coutumes des gens qui y vivaient. Au soleil couchant, ils firent le trajet à rebours en kayak jusqu'à Puno et rentrèrent sans incident à l'hôtel.

Le lendemain en fin d'après-midi, après six heures en autocar, le groupe arriva à Cuzco pour passer la nuit à l'hôtel San Augustin Internacional, situé dans le quartier historique de la ville.

Jour 12

Lima – Montréal

CHAPITRE 30

Outre-tombe

De grand matin, le transfert à l'aéroport de Cuzco ne se fit pas sans larmes. Diego, Miguel et le chaman étaient tous venus faire leurs adieux. Le hall du terminal était bondé et la file d'embarquement n'en finissait plus. Une heure plus tard, leur avion se posait sur la piste de l'aéroport Jorge Chavez de Lima.

— Nous arrivons presque au terme du voyage, dit Élise, en prenant ses bagages de cabine.

Grégoire traîna son sac plein de souvenirs en soupirant :

— Un jour, il faudra revenir.

— Pour quoi faire ? demanda Sophie.

— Parce que j'ai l'impression de n'avoir touché qu'à la surface des choses dans ce pays.

— Avoue que c'est un voyage que nous n'oublierons pas de sitôt.

À leur retour dans la capitale, Lima, le guide local venu les accueillir les accompagna d'abord à leur hébergement. Au cours de l'après-midi, une visite de la cathédrale San Francisco avait été prévue.

La basilique et le monastère, plusieurs fois centenaires, avaient résisté à de fréquents tremblements de terre. L'architecture était de style baroque espagnol, mais les voûtes de la nef et les travées peintes en style mudéjar trahissaient un mélange d'influences maures et espagnoles. À l'intérieur de la cathédrale, les élèves firent la visite de la chapelle dédiée à Pizarro, où se trouvait le tombeau du conquistador assassiné neuf ans après son arrivée au Pérou.

Les jeunes prirent quelques photos des lieux, puis le guide les mena voir la chapelle souterraine et les catacombes.

Grégoire, en voyant le nom affiché sur la porte d'entrée, se mit à se plaindre en grinçant des dents.

— Pourquoi finissons-nous toujours sous terre : dans des grottes, des tunnels ou des catacombes ?

— Pour voir des petites momies, dit Sophie en espérant que Grégoire se déride.

Ils descendirent un escalier en colimaçon qui menait à l'ossuaire de la cathédrale, datant de l'époque des conquistadors.

— Ces lieux n'ont été découverts qu'en 1943. La grotte contient des milliers de crânes et d'ossements, soigneusement placés de façon à créer la plus parfaite figure géométrique planaire, le cercle. Il est à noter que c'est aussi le symbole de l'or, le plus parfait et le plus noble des métaux.

Élise et Sophie échangèrent un regard.

« Les catacombes, poursuivit le guide, ont servi de sépulture jusqu'en 1808, lorsqu'un cimetière fut ouvert en dehors de la ville de Lima. On estime à plus de 30 000 le nombre de corps qui reposent dans cette crypte. Construite de briques et de mortier, elle a aussi résisté aux tremblements de terre, à cause de sa solidité et de sa forme arrondie. On croit également qu'il existait des passages secrets qui reliaient la cathédrale et le Tribunal de l'Inquisition. Chacune des portes magnifiquement sculptées mène à un de ces passages ou à une réserve dans laquelle sont rangés les objets liturgiques précieux, ainsi que plusieurs tableaux du 17ᵉ siècle, de valeur inestimable, attribués au peintre Pierre Paul Rubens. »

En s'arrêtant devant une des étroites ouvertures de la rotonde, Élise entendit un bruit sourd.

— Grégoire, dit-elle à voix basse, il y a des bruits étranges qui viennent de l'autre côté de cette porte. Écoute !

— Je n'ai rien entendu.

— Colle ton oreille à la porte.

— Je n'entends rien, chuchota-t-il.

Voyant ses amis la tête appuyée contre les panneaux de bois, Sophie leur demanda :

— Que se passe-t-il ?

— J'ai entendu quelque chose, derrière cette porte. Je crois qu'on devrait vérifier, dit Élise.

— Grégoire secoua vigoureusement la tête pour faire signe que non.

— Si tu es la seule à avoir entendu du bruit, je crois qu'on devrait laisser faire, dit Sophie.

Élise tendit l'oreille de nouveau et tourna la poignée pour entrouvrir la porte. Elle espionna l'endroit à travers l'espace de deux centimètres à peine qu'elle venait de créer.

— Qu'est-ce que tu vois ? demanda Grégoire, tout bas.

— Je vois des cadres sur le plancher et du verre partout.

Sophie poussa la porte, elle eut l'impression de pénétrer dans un champ de bataille. En voyant l'état de la pièce, un cri s'échappa de sa gorge.

Le guide de la cathédrale, M. Unancha et Mme Simard se précipitèrent à son secours.

– Qui peut bien avoir fait une chose pareille ? demanda Élise.

Tout avait été saccagé. Le plancher était couvert d'éclats provenant de vitrines fracassées et vidées de leur contenu. Des cadres vides jonchaient le sol. Les malfaiteurs avaient maladroitement tailladé les chefs-d'œuvre au couteau pour s'emparer des toiles. En examinant les dégâts, Sophie fut intriguée par un objet insolite qui attira son attention. Elle se pencha pour ramasser un bout de tissu ayant la texture du velours et le montra à Grégoire.

– Le voleur s'est sans doute accroché sur une brèche faite à cette étagère vitrée.

– Mais je reconnais ces fibres, précisa Grégoire. C'est en fait de la peau de chauve-souris. La texture et la couleur sont identiques…

– … à la tunique de Dragana… et à celle de Blunier, compléta Élise qui les avait vus examiner la pièce de tissu déchirée.

Le sang se glaça dans ses veines.

*   *

*

Lorsque les sacristines terminèrent l'inventaire des objets de grande valeur qui avaient été volés, on comptait cinq toiles irremplaçables, des chandeliers, un ostensoir et un crucifix en or massif sertis de pierres précieuses. Les cambrioleurs avaient choisi des joyaux qu'ils pouvaient facilement dissimuler dans des sacs à dos. Une fois leur sale besogne accomplie, ils s'étaient enfuis par un escalier qui menait à une des chapelles rayonnantes de la cathédrale. De là, conclut la police, ils s'étaient glissés parmi un des nombreux groupes de visiteurs rassemblés dans le déambulatoire derrière le chœur. Leur camouflage parfait leur avait permis de quitter l'église sans donner l'alarme.

Une fois les témoignages des trois élèves recueillis et tous les sacs à dos vidés et vérifiés, on donna aux visiteurs la permission de monter à bord de leur autocar. Vers l'aéroport, la circulation était toujours bloquée par des travaux et des fouilles sur une partie de l'autoroute. De la fenêtre du véhicule, Élise reconnut le site où des ouvriers avaient mis au jour les restes d'environ soixante-dix hommes, femmes et enfants… portant tous des signes d'une mort extrêmement violente.

Une silhouette qu'elle reconnut agitait la main pour la saluer.

— Madame Simard, je dois descendre de l'autobus pour quelques minutes, dit-elle.

— Tu ne te sens pas bien ?

— Ça va, mais je dois parler à quelqu'un.

— Mais, il n'y a que des archéologues qui travaillent sur le site et à ma connaissance, tu ne parles pas l'espagnol.

— Je vous en prie. Je n'en ai que pour une minute.

Élise sortit et courut vers Coyllur. Cette fois, elle était entourée de sa famille. Le village où ils s'étaient tous réfugiés se manifesta. Devant les huttes, des femmes se livraient à la production de textiles, au filage, à la teinture à partir de plantes et de minéraux de la région. Au loin, dans leur champ de maïs, de pommes de terre et de quinoa, des hommes bêchaient le sol à l'aide d'outils qu'ils avaient fabriqués. D'autres étaient occupés à la préparation des matériaux allant servir à la construction d'une nouvelle maison, de style adobe, faite d'un mélange de terre et de paille.

— C'est ta famille ?

— Oui, Élise, je te présente mon père, Killa, ou Lune dans notre langue quechua. Ma mère s'appelle Inti ou Soleil, mon grand frère Hamuta ou Prudent et ma petite sœur, Kishi qui veut dire Cigale.

Les membres de la famille de Coyllur firent un signe de la tête en guise de salutation, puis regagnèrent leur foyer.

— Après la mort d'Atahualpa, dit Coyllur, ils se sont réfugiés ici, croyant que les conquistadors ne les trouveraient pas.

— Mais c'est le contraire qui s'est produit.

— Aveuglés par leur soif de l'or, ils ont poursuivi les gens de mon village, les véritables gardiens du secret. Ils avaient aidé Rumiñahui à cacher la rançon, après avoir fui le royaume du Nord. Eux comme lui ont été torturés et mis à mort, sans jamais dévoiler la chambre rectangulaire au cœur de la ville secrète. Les Espagnols ont ensuite torturé et tué tous les habitants du village, parce qu'ils avaient accueilli les réfugiés de Quito.

— Personne n'a révélé où se trouvait le trésor.

— Ils ont emporté le secret dans leur tombe.

— Coyllur, tu sais que le docteur Blunier est en liberté.

— Je sais. Le malheureux s'en est pris aux trésors de la cathédrale.

— Que va-t-il lui arriver ?

– Il sera de nouveau foudroyé par la malédiction d'Atahualpa.

– C'est affreux !

– Ne t'apitoie pas sur son sort. Rentre chez toi avec tes amis, l'esprit en paix. Le destin suivra son cours.

Coyllur lui fit ses adieux et le mirement du village paisible s'effrita et disparut comme fleurs de givre au soleil. Élise, le cœur lourd, détourna les yeux et s'éloigna pour remonter à bord de l'autocar.

Mme Simard l'attendait sur la première marche et lui demanda :

– Tu as trouvé ce que tu cherchais ?

Élise hocha la tête.

Elle dut bousculer Grégoire pour prendre sa place dans son banc habituel.

– Au fait, à qui parlais-tu là-bas ? demanda-t-il, curieux, pointant vers le site des fouilles.

– À une amie.

Sophie et Grégoire échangèrent un regard à la fois doux et émerveillé.

*   *

*

Le vol en partance de Lima vers Montréal accusait une bonne heure de retard. Une fois tous les passagers à bord, l'avion roula sur la piste, décolla et prit de l'altitude. Lorsque les panneaux lumineux signalèrent aux voyageurs de détacher leur ceinture de sécurité, Élise poussa un soupir de soulagement.

Épilogue

En rentrant au pays, Élise, Grégoire et Sophie consultèrent Internet pour se tenir au courant des dernières nouvelles du Pérou. Ils tombèrent sur ce communiqué déroutant :

LIMA, Pérou – La police vient de récupérer quelques-unes des trente-quatre pièces en or dérobées au cours des derniers mois dans des musées de Lima. C'est le plus grand vol d'objets de l'histoire péruvienne, a déclaré lundi un des porte-parole et directeur du Musée de la nation, le Dr Guillermo Velásquez, archéologue de grande renommée de la ville de Lima.

Les pièces en or récupérées remontent à plusieurs siècles. La police ne veut pas divulguer les détails du butin. Cependant, on sait qu'un tumi a été retrouvé quand les services de l'ordre ont fait des arrestations. Cet ancien couteau cérémonial à lame circulaire en or massif, incrusté de pierres précieuses, mesurait plus de trente centimètres, du haut du manche jusqu'au bout de la lame et pesait environ un kilo. Trois suspects écroués l'avaient cassé en quatre morceaux, apparemment pour en faciliter la vente, a déclaré un porte-parole des Services de la protection du patrimoine, Diego Alliyma.

La police qualifie les suspects de « vulgaires criminels ». Ils ont été arrêtés après qu'un membre de la bande fut pris au piège en essayant de vendre plusieurs onces d'or.

La police a indiqué qu'une femme et deux hommes disaient avoir volé les morceaux pour se faire un peu d'argent et rentrer dans leur pays natal, la Russie. Ils nient être des voleurs professionnels – accusations qui ont fait surface en raison de la facilité apparente avec laquelle ils avaient cambriolé les musées pendant des mois, en déjouant les gardes et en évitant de déclencher les systèmes d'alarme.

* *
*

En septembre, Élise reprit ses cours de musique. Elle raconta tous les détails de son voyage à Julien, son professeur de piano, y compris sa rencontre de Coyllur, la Princesse des glaces. Cependant, elle tint sa promesse et évita de lui parler du trésor qu'elle avait vu sous la ville de Machu Picchu.

Avec son père, elle se mit à fabriquer un modèle de flûte datant de trente-cinq mille ans. À l'origine, l'instrument fait de bois était taillé dans un os de condor et comportait cinq trous. Une encoche à une des deux extrémités indiquait l'emplacement des lèvres. Ce qui la fascinait le plus de cet instrument néolithique était qu'il pouvait produire toute la gamme des notes, comme la flûte en or dont elle avait joué pour ouvrir le testament du grand général Rumiñahui.

De son côté, Sophie s'était mise à étudier les momies. Elle cherchait à savoir si on pouvait, par l'ADN nucléaire et mitochondrial, analyser leur état de santé, les maladies, les virus ou bactéries dont elles avaient été victimes, et l'alimentation de leur époque. Elle espérait identifier leurs descendants et déterminer les liens de parenté entre eux.

Elle se pencha sur l'histoire de l'homme de Tollund, retrouvé dans une tourbière au Danemark et Ötzi. Cet homme, momifié naturellement par la congélation et la déshydratation, fut retrouvé dans les glaciers des montagnes, à la frontière entre l'Italie et l'Autriche. Il portait les plus anciens tatouages néolithiques connus en Europe, il avait les yeux marron et appartenait au groupe sanguin O, en plus de présenter une intolérance au lait.

Tout de suite en rentrant au pays, Grégoire s'était mis à étudier les livres de sa collection fétiche, *Les sept boules de cristal* et *Le Temple du Soleil*, en notant toutes sortes d'indices et de détails. Il dessina de nombreuses cartes et utilisa un tableur pour entrer et organiser toutes ses données. Quelques semaines plus tard, il vendit toutes ses collections, incluant le reste de ses cartes *Yu-Gi-Oh*[1] ! pour s'acheter un détecteur de métal pour l'or. Muni d'un géoradar, l'instrument servait à la pénétration du sol et pouvait détecter les trésors enterrés jusqu'à environ trois mètres de profondeur. Avec suffisamment d'or, il voulait créer une bague à motifs incas. Il avait l'intention de l'offrir à Sophie en souvenir de leur voyage au Pérou et en signe de sa profonde amitié pour elle.

---

1.   Voir *Élise et Beethoven*.

*   *

*

Les Espagnols ne trouvèrent jamais le trésor d'Atahualpa et encore moins le Dr Blunier. Il écoula sur le marché noir les précieux tableaux que lui et sa bande avaient volés dans la cathédrale de Lima. Il fit fondre les objets en or pour en faire des lingots qu'il plaça dans une banque suisse. Parmi les pierres précieuses extraites des objets de culte, se trouvait une émeraude comme nulle autre. Pendant son incarération chez les moines cisterriens, le fugitif avait appris qu'à travers l'histoire, cette pierre avait toujours provoqué une grande fascination. Les Espagnols la vénéraient comme une pierre sacrée. Selon eux, ce joyau avait une provenance divine parce qu'ils croyaient qu'il était tombé du ciel. Ils prétendaient qu'elle venait de Lucifer, porteur initial de la Lumière Divine. L'Émeraude que l'Ange déchu portait au front serait tombée sur Terre, en signe de sa déchéance. Blunier était convaincu d'avoir trouvé le Cœur de Lucifer, lui donnant d'immenses pouvoirs. Il ne lui restait plus qu'à trouver la pierre philosophale pour le guérir de son étrange maladie et la pierre Cintamani pour exaucer tous ses vœux. Une fois en possession des trois pierres, il dominerait le monde et vivrait éternellement...

À propos de l'auteure

Cadette de la famille, Karen Olsen a grandi avec beaucoup de liberté, ce qui n'a fait que stimuler sa curiosité et sa créativité. Tandis que sa sœur aînée se plongeait dans les Agatha Christie et lisait tout ce qui lui tombait sous la main, elle préférait s'évader dans les livres de son frère, en particulier sa collection de Tintin.

Elle raffolait aussi des aventures d'Erik le Rouge nommé ainsi en raison de la couleur rousse de ses cheveux et de sa barbe. Son père lui racontait que ce Viking était tellement grand que, lorsqu'il montait à cheval, ses pieds traînaient au sol. Banni de l'Islande pour meurtre, il est resté dans l'histoire pour avoir fondé la première colonie européenne au Groenland.

Ces merveilleux récits d'aventures ont nourri chez Karen d'heureuses dispositions pour l'histoire et les voyages. Pas étonnant qu'elle ait voulu, au début des années 2000, braver le mal des montagnes pour faire un trek dans les Andes et traverser, à l'aube du troisième jour, la Porte du Soleil menant à la ville secrète de Machu Picchu.

La rançon d'Atahualpa, basé sur l'itinéraire de ce voyage, fut la formule parfaite pour donner suite à son premier roman jeunesse, *Élise et Beethoven*.

Karen Olsen habite aujourd'hui la vallée de l'Okanagan, un endroit semi-désertique entouré de montagnes sur les berges d'un immense lac du même nom. C'est un lieu idéal pour se livrer à l'écriture et à la peinture.

TABLE DES MATIÈRES

14/18

Collection dirigée par Renée Joyal

BÉLANGER, Pierre-Luc. *24 heures de liberté*, 2013.

BÉLANGER, Pierre-Luc. *Ski, Blanche et avalanche*, 2015.

BÉLANGER, Pierre-Luc. *Disparue chez les Mayas*, 2017.

CANCIANI, Katia. *178 secondes*, 2015.

DUBOIS, Gilles. *Nanuktalva*, 2016.

FORAND, Claude. *Ainsi parle le Saigneur* (polar), 2007.

FORAND, Claude. *On fait quoi avec le cadavre ?* (nouvelles), 2009.

FORAND, Claude. *Un moine trop bavard* (polar), 2011.

FORAND, Claude. *Le député décapité* (polar), 2014.

FORAND, Claude. *Cadavres à la sauce chinoise* (polar), 2016.

LAFRAMBOISE, Michèle. *Le projet Ithuriel*, 2012.

LAROCQUE, Jean-Claude et Denis SAUVÉ. *Étienne Brûlé. Le fils de Champlain* (Tome 1), 2010.

LAROCQUE, Jean-Claude et Denis SAUVÉ. *Étienne Brûlé. Le fils des Hurons* (Tome 2), 2010.

LAROCQUE, Jean-Claude et Denis SAUVÉ. *Étienne Brûlé. Le fils sacrifié* (Tome 3), 2011.

LAROCQUE, Jean-Claude et Denis SAUVÉ. *John et le Règlement 17*, 2014.

MALLET-PARENT, Jocelyne. *Le silence de la Restigouche*, 2014.

MARCHILDON, Daniel. *La première guerre de Toronto*, 2010.

MARCHILDON, Daniel. *Otages de la nature*, 2018.

OLSEN, K.E. *Élise et Beethoven*, 2014.

OLSEN, Karen. *La rançon d'Atahualpa*, 2018.

PÉRIÈS, Didier. *Mystères à Natagamau. Opération Clandestino*, 2013.

PÉRIÈS, Didier. *Mystères à Natagamau. Le secret du borgne*, 2016.

RENAUD, Jean-Baptiste. *Les orphelins. Rémi et Luc-John* (Tome 1), 2014.

RENAUD, Jean-Baptiste. *Les orphelins. Rémi à la guerre* (Tome 2), 2015.

ROYER, Louise. *iPod et minijupe au 18e siècle*, 2011.

ROYER, Louise. *Culotte et redingote au 21e siècle*, 2012.

ROYER, Louise. *Bastille et dynamite*, 2015.

Couverture : Machu Picchu, Pérou (photomontage)
Aleksandra H. Kossowska © Shutterstock Images
Photographie de l'auteur : Ken Richardson, photographe
Maquette et mise en pages : Anne-Marie Berthiaume
Révision : Frèdelin Leroux